KB136647

두 개의 바다

당그래

지은이와
협의하에
인지생략

두 개의 바다

1판 1쇄 펴낸날 2019년 9월 28일

지은이 이기봉
펴낸이 이춘호
펴낸곳 당그래출판사

등록번호 제22-38호
등록일자 1989년 7월 7일
주소 04627 서울 중구 퇴계로32길 34-5(예장동)
전화 02) 2272-6603
팩스 02) 2272-6604
홈페이지 www.dangre.co.kr
이메일 dangre@dangre.co.kr

ⓒ 이기봉 2019, 당그래출판사

값 12,800원

당그래출판사는 각지 사방에 흩어져 있는, 우리 삶에 양식이 될 원고를 모아 정성들여 펴내는 일을 하는 곳입니다.
• 이 책의 판권은 지은이와 당그래출판사에 있습니다. 양측의 서면 동의 없는 무단 전제 및 복제를 금합니다
• 이 책의 국립중앙도서관 출판시도서목록(CIP)은 서지정보유통지원시스템 홈페이지(http://seoji.go.kr)와 국가자료공동목록시스템(http://www.nl.go.kr/kolisnet)에서
이용하실 수 있습니다. (CIP제어번호:2019036335).

두 개의 바다

이기봉 수필집

책을 펴내며

어느 순간 말을 너무 많이 하고 있는 나를 보았다.
무척 보기가 싫었다.
수화가 좋겠다는 생각이 들었다. 하지만 내 주변에는 수화를
아는 사람이 단 한 명도 없었다. 그래서 글로 말하고 싶었고
말이 글로 변화 하는 꿈을 꾸었다.

내 글 안에는 사람들과의 만남과 헤어짐, 가족, 그 관계의
끈들로 연결되어 있다. 게다가 오직 사랑만 있으면 되었기에
사람이라는 통발에 사랑이라는 미끼를 달아놓고 다른 건 쳐
다보지도 않으려고 했다.

내 글은 특별나지 않다.
말이 많아진 것이 싫어서 글로 한 것이니 더욱 그럴 것이다.
하지만 이 책을 들고 문득 나를 찾아온 사람과 말로 가슴을
비워낼 그 날을 꿈꾼다.

말이 글이 되고 책으로 바뀌기까지 항상 제 자리에서 기다
려준 혜영, 효사, 효림이, 그리고 들꽃공동체 식구들에게 고
맙다고 말하고 싶다.

2019. 9월. 빈 예배당에서 서성대며
이기봉

1. Neighbor & Story

2. Thingking

3. Family

4. Nature & Reason

5. Church & Faith

1.

Neighbor & Story

이웃 밭 할아버지의 한숨

    이웃 밭 할아버지가 된 이유는 집이 아니라 밭이 이웃해 있기 때문이다. 시골인심에 대한 회의와 의심을 갖게 한 최초의 할아버지라는 점에서 첫인상은 좋지 않았다. 하지만 할아버지가 이 동네 사람이 아니고 댐 수몰로 인한 강제 이주민이라는 사실을 알고부터 할아버지 앞에 고유대명사처럼 붙여놓은 '고약한' 이라는 말을 떼어내었다.

    할아버지와의 관계가 꼬이기 시작한 건 풀어놓고 키우는 개 한 마리 때문이었다. 난 전문 농사꾼이 아니었고 농사보다 개를 더 좋아했으며 개는 묶지 않고 키워야한다는 나름의 소신을 갖고 있었던 터라 틀어진 관계로 그렇게 서너 달을 지냈다.

    개가 배변을 위해 할아버지 밭을 드나들다 씌어놓은 멀칭에 구멍을 뚫자 할아버지는 쥐약을 놓겠다는 협박과 현관문을 발로 차는 것으로 당신의 심사를 고스란히 드러내셨다.

    볕이 좋다기보다는 따가운 어느 날 점심, 막 숟가락을 들려던 내 눈에 굽은 허리로 땅을 더듬고 계시는 할아버지의 시장함이 전달되었다.

    아내가 출근하며 뚝딱 무쳐놓은 조개젓과 묵은지, 양푼에 밥을 넉넉히 담은 후 막걸리 한 병을 들고 소풍 나가는 마음으로 할아버지의 밭으로 갔다. 하지만 할아버지는 내 집 개를 보듯 나를 보시고는 하던 일만 계속 하셨다.

"어쩐 일인가?"라고 하실 때까지 3년 만에 집으로 돌아온 딸자식처럼 앉아 있다가 막걸리를 한 잔 가득 따라드리는 것으로 답을 대신하자 밥보다 막걸리 잔에 손이 먼저 가는 건 돌아가신 내 아버지와 같았다. 역시 술은 밥보다 많은 느낌을 담고 있어서 좋다.

술 한잔의 대화로 얽힌 매듭을 풀려던 나와는 달리 할아버지는 당신의 지나간 시간들을 내 앞으로 끄집어내는 마법을 부리셨다.

댐으로 인해 마을이 수몰되자 그곳에서 큰 농사를 짓던 할아버지는 수몰지 주변 택지에 새집을 짓고 이주한 동네사람들과는 달리 자식들이 있는 전주로 나오는 걸 주저하지 않았다고 하셨다. 나로선 상상할 수도 없는 보상금이 가져다 준 용기였을지도 모른다는 생각이 슬쩍 고개를 디밀었다.

할아버지는 그렇게 고향을 떠나셨다. 큰자식은 누구고 무엇을 하며 둘째와 막내아들과 딸들의 이야기는 막걸리 잔에 담겨 술술 흘러넘쳤다. 하지만 할아버지의 지난 이야기 속에는 자랑보다 깊은 후회와 회한이 짙게 담겨져 있다는 것을 금방 느낄 수 있었기에 듣는 내내 갑갑함만 밀려들었다.

보상으로 받은 돈은 모두 자식들 주머니 속으로 연기처럼 사라지고 허름한 월세방에서 할머니와 단 둘이 살면서 몸이 기억하고 있는 일 즉 농사를 짓기 위해 다른 사람의 땅을 빌려야만 했다고 노기에 찬 할아버지의 목소리가 두 잔의 막걸리가 비워질 때쯤 쇳소리처럼 다가왔다.

할아버지는 한 숟가락의 밥도 뜨지 않으시고 술 힘에 의지한 곡괭이질로 솟구쳐 오른 화를 참으시려는 것 같았다.

해가 뜨면 밭에 나오고 해가 져야 절룩이는 다리로 집으로 돌아가는 할아버지의 그림자가 유난히 길게 느껴지는 건 썩어 문드러진 할아버지의 속이 석양마저 그대로 통과하기 때문일 것이라는 생각을 떨쳐낼 수 없었다.

할아버지는 그 후부터 내가 밭에 있으면 먼저 다가와 지난 세월을 무용담과 자책을 섞어 들려주곤 하셨다.

나를 따라온 개가 할아버지의 밭을 넘나들어도 아무런 말씀이 없으신 것으로 보아 마음속의 응어리들이 조금이나마 빠져나가고 있음을 느낄 수 있었다.

되돌릴 수만 있다면 되돌리고 싶은 할아버지의 과거 이야기였기에 난 할아버지가 스스로 이야기를 멈출 때까지 듣는 귀로 있어야만 했다. 그런데 할아버지가 요즘은 통 보이지 않는다. 셋집에서 족히 오리는 떨어진 밭, 그것마저 힘에 부친다며 다른 사람에게 넘기고 고작 참깨와 호박 고추 몇 줄을 심어놓은 곳에는 풀이 무성해지도록 돌보지 않으신지 오래되었다. 이따금 할아버지 대신 할머니를 창문 너머로 보곤 하지만 한숨을 섞어 들려주시던 할아버지의 이야기도 어느새 과거가 되었다. 그러다 할아버지를 우연히 보았다. 예전보다 더 힘겹게 도로가를 걸으시는 할아버지, 차 문을 내려 인사를 건넸지만 할아버지는 나를 바로 알아보지 못하셨다. 현관문을 걷어차던 혈기조차 마실 보냈음을 쪼그라든 할아버지 모습이 여실히 말해주었다. 몇 번이나 이웃 밭 목사라고 말한 뒤에야 멋쩍게 웃으시며 나를 알아보셨다. 지금은 자식들 성화에 농사에서 손 놓았다는 말, 주는 용돈으로 경로당 영감들과 화투만 친다는 이야기가 나를 더욱 슬프게 했다.

자식들이 잘한다는 말은 농사를 지을 때도 하셨지만 막걸리를 드시고 나면 이야기가 달라진다는 것을 난 알고 있었기에 할아버지도 어쩔 수 없는 아버지라는 생각까지 이르자 목젖 너머에서 무언가가 꿀렁대며 올라오는 것을 떨쳐낼 수 없었다.

이후 동네 어디서든 할아버지를 만나지 못한 것이 1년은 넘은 것 같다. 할아버지가 막걸리에 의지해 자신도 모르게 토해내던 한숨이 문득 그리워지는 건 땡볕에 고추를 따다 바라본 이웃밭 때문이고 가물어도 물은 저녁에 주어야 좋다는 할아버지의 농사 훈수가 생각나서 더욱 그렇다.

때 묻은 안방기둥과 서까래, 땀으로 일군 논밭을 수몰시키고 보상금으로 받은 돈마저 자식들 때문에 모두 날린 뒤 남의 땅을 빌어 농사를 지으면서까지 고향을 붙잡으려던 할아버지가 붉은 고추 사이로 아른거린다.

할아버지에게 지금의 동네는 객지일 뿐이니 만약 할아버지가 나도 모르게 이 땅에서의 소풍을 끝내셨다면 서둘러 고향 어딘가를 거닐고 계실지도 모른다는 생각이 들자 맑은 날 저만치에서부터 여우비가 내리기 시작했다. ●

두 개의 바다

해마다 6월이 되면 생일도*)는 두 개의 바다를 갖게 됩니다. 하나는 남색의 숲으로 일렁이며 갈매기의 놀이터가 되어 주는 바다이고, 섬 구석구석 빈 땅 빈터마다 어김없이 들어서는 다시마의 바다가 또 하나의 바다입니다.

생일도 사람들은 6월 한 달을 위해 산다 할 만큼 분주합니다. 새벽 두세 시에 일어나 긴 하품 한 번으로 잠을 깨우고, 어젯밤 짚단처럼 스러져 잠든 아내를 헛기침으로 재촉하고는 이내 다시마가 영근 바다 속으로 들어섭니다.

아버지가 연장을 챙기는 사이 건넌방에서 잠자고 있던 중학생 아들은 뭍으로 유학을 떠난 형을 대신해 말없이 운동복을 걸치고 아버지를 따라 나서면 그렇게 온 가족은 족히 2미터가 넘는 다시마를 따기 위해 연이어 바다에 절을 합니다.

물다시마가 또 하나의 바다를 뭍에다 만들려면 바다에 숨겨진 다시마를 연신 세상 밖으로 끄집어내어야만 가능합니다. 가벼운 것도 반복해서 들으면 버거운 짐이거늘 물 먹은 다시마는 처음부터 쇳덩이 같으니 그 힘들고 고단함이야 말해 뭣하

---

*)생일도– 전남 완도군 금일읍 생일면 소재 작은 섬

겠습니까.

아침, 책상에 앉은 아이들의 얼굴색은 이틀쯤 말린 다시마 빛깔을 닮았습니다. 등교하는 아이들의 발걸음이 왜 저리도 터덕대는가 했더니 그들의 고단함은 물다시마에 눌리고 마른 다시마에 깔린 탓이었음을 금방 알게 됩니다. 그래도 아이들은 나와 눈이 마주칠 때마다 갈매기처럼 고개를 숙여 인사하고 무지개처럼 환하게 웃어주니 바다를 닮아가는 아이들에게서 큰 공부를 만나게 되는 행복을 떨쳐낼 수 없습니다.

새벽 바다에서 따온 물다시마가 해가 뜨기 무섭게 생일도 곳곳에서 또 하나의 바다가 되어 넘실대는 광경은 살아가는 사람들의 속마음을 담아서 파도처럼 넘실댑니다.

흙이 묻지 않도록 바닥에 촘촘한 그물을 깔고 다시마를 일일이 펴서 젖은 종이돈을 말리듯 조심스레 널면 다시 그 위를 밧줄로 듬성듬성 엮어 고정시킨 뒤 다시마가 바닷바람에 날리지 않도록 입 굵은 그물을 한 번 더 얹어 주고 나서야 비로소 생일도의 또 다른 바다는 구부린 허리를 펼 수 있도록 허락합니다.

다시마로 또 하나의 바다가 만들어진 순간, 그제야 가족은 허리를 펴 푸 하고 숨을 뱉고, 아버지는 아들의 머리에 손을 얹어 문지르는 것으로 칭찬을 대신하고, 아내는 남편의 등을 툭 쳐서 속마음을 전합니다.

그제야 아들이 달걀찜, 달걀프라이로 아침을 먹고 학교로 가면 지겹지도 않은지 다시마쌈에 밥 한 술 뜬 부부는 초여름 햇살에 다시마의 얼굴이라도 상할까 염려되어 서둘러 다시마 뒤집기로 소화를 대신합니다.

부부의 그림자가 제일 작아질 때쯤 부부는 다시마 바다 근처 그늘져 풋풋한 곳에 누워 바다에 떠다니던 스티로폼 부표를 베개 삼아 부족한 잠을 채우고, 그렇게 잠든 부부를 바라보고 있으면 잠에서조차 다시마 꿈을 꿀 것 같다는 생각을 떨쳐낼 수 없습니다.

아들이 학교를 파하고 집으로 돌아올 때쯤 몸을 일으킨 부부는 말린 다시마를 곳간에 쟁이기 위해 느릿느릿 발목장화를 신습니다. 그러면 생일도의 바다 하나는 잠깐 사라지겠지만 생일도는 또 다시 새벽녘에 이르러 두 개의 바다를 갖게 되겠지요.

생일도 두 개의 바다는 어미의 젖가슴을 닮았습니다. 한쪽을 빨다 이내 다른 쪽을 빨아대는 젖먹이처럼 6월에만 나타나는 생일도 두 개의 바다는 그곳에 사는 사람들에겐 두 개 모두 꿈틀대며 다가오는 생명의 바다입니다. ●

2,000원에 만난 이야기

외딴길 이른 아침, 산비탈 골짜기보다 이마의 주름이 깊게 팬 할머니 한 분이 고개를 돌려 바라보는 것만으로 차를 세웁니다. 같은 방향이면 신세 좀 지자는 본새가 태워 주려면 태워 주고 싶으면 말아 하는 식이어서 재미있습니다.

할머니의 표정에서 "시간이 조금 더 걸려서 그라재 걸어가는 운치가 차 타고 가는 놈보다 훨씬 나슨께 안 태워줘도 내 아쉬울 것 없당께" 하는 꼿꼿함이 묻어납니다.

함께 가면 재미있는 일이 생길 것 같다는 기대감에 차 앞문을 열어 드렸습니다.

"고맙소" 하는 말에서 조금의 빈틈도 없이 살아오신 할머니의 인생이 엿보였습니다.

"지금은 양반이제 얼마 전꺼정 이 도로가 뚫리기까지 저 산을 넘어 다녔당께. 낮 동안 서너 차례 다닌 적도 있다께… 아자씨는 어디꺼정 가요?"

물어볼 말만 뱉으시곤 앞만 보시는 할머니에게서 수줍음 많은 새색시가 겹쳐 보여서 힐끗힐끗 훔쳐보았더니, "운전이나 똑바로 하쇼" 하는 면박이 칼날처럼 날아옵니다.

그만 헛웃음을 터트리고 말았습니다. "거 싱가븐 양반일

씨…"

내릴 때가 되셨는지 무릎에 올려놓은 보퉁이를 채근하십니다. 그리고는 보퉁이 속 닳고 닳은 가죽지갑에서 천 원짜리 두 장을 꺼내 휙 내던지다시피 하시고는 내려버리십니다. 차보다 앞서 걸으실 때는 느릿해 보이시더니만 돈을 뿌리고 가시는 걸음에는 "내가 아직도 청춘이다 이눔아?" 하시는 할머니의 자존심이 똑바로 서서 달려드는 파도를 닮았습니다.

"할머니, 갈 때는 어떻게 하시려고요? 저도 별로 바쁘지 않은 사람이니까 집에 가실 때 생각나시거든 이 번호로 전화하세요. 제가 아까 그곳까지 태워드릴게요. 차 삯이 천 원이라 왕복차비를 내셨거든요…"

"부자 될 놈" 할머니의 입에서 삐져나온 덕담이십니다.

걸어가는 할머니 머리 위로 빨간 고추잠자리 몇 마리가 날고 있습니다. 그러고 보니 처서가 지났습니다. 사는 곳을 벗어나면 모든 것이 제자리에서 그냥 이토록 아름다운데, 돌아가면 이해 없는 삶의 모습들이 톱니바퀴처럼 끼워져 빡빡하다는 사실 앞에서 처서와 고추잠자리, 왕복 이천 원짜리 자가용은 모두 일회용 전설이 되고 마는 것이 슬프기까지 합니다.

내가 다리에 힘 떨어져서 보퉁이 들 힘조차 부족할 때, 천 원짜리 차를 태워주는 젊은 여인을 만나는 행운을 꿈꾸면서 올려다본 하늘에는 큰 눈을 부라리며 "썩을 놈" 하는 잠자리떼 여유롭습니다.

김밥 미학(美學)

　해가 모악산 반대 능선을 타고 내릴 쯤, 지인 한 분이 종이 봉지에 담은 무언가를 말없이 주고 가셨다. 은박지 랩에 싸여 나란히 담긴 건 아직도 온기가 짱짱한 김밥 두 줄이었다.

　치즈와 계란을 얹고 김치와 당근을 쫑쫑 썰어 넣은 뒤 노란 단무지와 푸른색의 시금치, 소고기를 잘게 다져서 차조 섞은 밥을 식용유로 잠깐 둘러 검은깨와 조물조물 버무린 밥을 김으로 싼 음식(우리는 이것을 김밥이라고 부르지만) 김밥 하나를 입에 넣은 순간 김밥이라는 말로 부르기보다 김밥요리라고 부르는 것이 합당하다는 생각이 들었다.

　난 맛있는 음식을 대하면 침잠하는 구도자가 된다. 금방 덤비기보다 눈과 코로 맛을 충분히 본 후, 함께 먹을 사람을 끄집어내는 습성 때문이다.

　김밥의 진정한 맛을 느끼려면 입속 양 끝 어느 쪽이든 김밥을 넣고 어금니로 살살 씹어보라. 두른 김이 터지는 순간 바다 향이 배달되고 달걀과 치즈의 고소함, 오도독 씹히는 검은깨의 정갈함이 더는 입안에 머무는 것을 허락지 않을 것이다. 게다가 산등성이를 타고 가다가 숨기 전에 일순간 뿜어내는 저녁해의 침착한 빛깔과 닮은 단무지를 더하면 김밥만으로도 황제의 밥상이 부럽지 않게 된다.

그대는 아는가? 김밥의 진정함은 김밥을 싼 은박지를 벗겨 내는 것으로부터 시작되어야 한다는 것을.

김밥을 부드럽게 안고 있던 은박지가 김밥을 쌀 때와는 반대 방향으로 천천히 돌려 풀려나갈 때, 풀리지 않던 세상의 온갖 것들이 분해되는 기분을 느낄 수 있다면 김밥을 반쯤 맛본 것과 다를 바 없다.

그런데 반짝이는 은박지 위에 고스란히 제 몸을 노출한 김밥이 세상에서 가장 온전한 제물처럼 느껴지는 건 무슨 까닭일까?

김밥을 먹을 때도 분명한 순서가 있음을 알아야 한다. 어느 쪽이든 격렬한 정사를 끝내고 헝클어진 여인의 머리를 닮은 *끄트머리*가 1번이다. 시작도 끝도 반드시 *끄트머리*여야 하는 건 세상 모든 경전의 종착역과 동일하다.

2번은 김밥의 한가운데 것을 집어야 한다. 가운데 것을 검지와 엄지로 집어 쏙 빼서 먹으면 김밥은 어느새 두 개의 섬으로 나뉘고, 난 섬에 고립된 여행자가 되기 때문이다.

그 다음부터는 손이 가는 대로 먹어도 된다. 단지 마무리를 하나 남은 *끄트머리*로 한다면 어느 것부터 먹어도 괜찮다. 그러나 김밥이 아무리 훌륭한 요리의 기분을 주었다고 해도 김밥만으로는 뭔가 허전하다. 김밥 속에 단무지가 들어 있다 해도 손가락으로 집어 먹을 둥근 해를 닮은 단무지가 빠졌다면 김밥은 금방 그 격을 상실하고 만다.

지는 해가 만들어내는 것 같은 치자 빛 동그란 단무지, 이건 단무지가 아니라 김밥이라는 옷에 달린 단추와도 같다. 채우면 담 안의 여인 같다가도, 풀면 담 밖 그네를 타는 여인으로 변하니 어찌 단무지를 김밥의 영원한 지기에서 떼어낼 수 있겠는가.

단무지는 꼭 손으로 집어먹자. 초승달처럼 베어 물고 김밥 한 개를 입에 넣자. 김밥 두 줄, 배를 불릴 만큼 충분한 양은 아닐지라도 모악산의 느슨한 햇살, 김밥을 들고 온 사람의 따뜻한 눈길이면 족하다.

김밥을 먹은 뒤 이쑤시개 하나를 들고 황제처럼 이를 쑤셔보자. 이쑤시개로 이를 쑤시는 것이 김밥요리의 마지막 코스라는 사실을 그대는 알기 바란다. 이 사이에 낀 무언가 때문이 아니라 이쑤시개를 물고 있는 것 자체가 이발소에 걸린 그림 같은 풍요로움 속으로 몰고 가기 때문이다.

이쑤시개가 더해져 더는 바랄 것이 없도록 만들어준 황후(皇后)의 저녁, 김밥 두 줄만 갖고도 행복한 하늘색 밥상의 주인공이 된다는 건 꼭 영화 속 이야기만은 아니다. ●

예성이의 오르락내리락하는 달

아직도 차임벨을 울리는 교회, 생일도라는 작은 섬에 자리한 생령교회입니다. 아내가 일하는 학교의 관사에 있으면 수요예배 시간을 알리는 차임벨에 이끌려 학교 언덕길을 자연스레 내려가게 됩니다. 초등학교 시절, 수요일만 되면 일찍 교회에 나가서 사찰 집사님의 허락이 떨어지기가 무섭게 강대상 아랫단에 소중히 모셔진(?) 차임벨 기계를 작동하는 것이 나와 내 친구들의 기쁨인 때가 있었습니다.

기계에서 찬송가가 울린다는 것도 신기했지만 힘들게 종을 치지 않아도 된다는 편리함, 아주 멀리서도 예배시간이 되었음을 알 수 있다는 것 때문에 당시 차임벨은 교회마다 반드시 갖고 싶어 하는 최첨단 성물(聖物)이었습니다. 하지만 얼마 지나지 않아 그 화려했던 차임벨 소리는 소음이라는 동네 사람들의 반발에 밀려 슬그머니 자취를 감추게 되었습니다. 그럼에도 생령교회에서는 아직도 제 자리를 굳건하게 지키고 있으니 추억을 부르는 영화 속 타임머신 같기도 합니다.

차임벨이 울리면 엄마를 따라 섬 초등학교로 전학을 온 2학년 예성이도 엄마와 함께 교회에 갑니다. 관사 언덕길을 내려가는데 선착장 앞 야트막한 동산에 서있는 소나무 위로 둥그런 보름달이 걸렸습니다. 아니 걸렸다기보다는 소나무를 지그시 누르고 있다는 것이 더 어울립니다. 참 보기 좋은 풍광, 소나무를 누르고 있는 달은 차임벨 소리에 이끌려 교회로 향하는 예성이의 얼굴과 많이 닮았다는 생각이 듭니다.

예성이*)는 어린이 같은 어린이입니다. 그의 말을 듣고 있으면 어느새 웃음이 돌고, 듣는 사람들은 기분이 좋아집니다. 이 모든 것이 예성이가 지닌 특별한 능력임을 알기까지는 그리 오래 걸리지 않습니다. 그래서 예성이는 참 특별한 아이입니다.

보는 사람마다 다를 수도 있겠지만 나는 예성이 앞에만 있으면 마음의 때를 벗기는 목욕시간 같다는 생각이 들어서 행복합니다. 아무리 각박한 세상일지라도 예성이로부터 받게 되는 기운만 있다면 세상은 아름다운 사람들로 가득 찰 것이라는 확신이 꿈틀대는 건 욕심이 아니라 믿음이라고 하는 것이 좋겠습니다.

차임벨이 들려오는 곳으로 앞서 달리는 예성이에게 물었습니다.

"예성아, 저 달이 뜨는 중이야 지는 중이야?"

"아마 뜨는 중일걸요"

"아닌데, 지는 중인데."

"에이, 목사님이 저 놀리시는 거죠?"

"아닐걸…"

---

*)예성이는 생영중학교 국어선생님의 초등학교 2학년 된 아들이다.
 예수님 성품을 닮으라는 뜻을 품고 있다.

이야기 중에 언덕길을 다 내려왔고, 달도 언덕에 가려 보이지 않게 되었습니다.

"예성아, 저거 봐 달이 졌지?"

"어,~그러네. 달이 지는 중이었구나. 목사님 말이 맞네요."

수긍하는 것도 예성이답습니다. 옆에 있던 둘째 아들 효림이가 배꼽을 잡고 웃으며 말합니다.

"예성아, 우리가 언덕을 내려왔으니까 달이 보이지 않는 거지."

그러자 예성이가 말합니다.

"그럼 달은 언덕을 내려오면 지고 언덕에 있으면 떠?"

모두들 차임벨 소리보다 더 크게 웃고 맙니다. 엄마 차에 누구라도 함께 타면 "아, 오늘은 정말 행복한 날이야!" 하며 무척이나 좋아하는 아이, 예성이는 이렇게 달보다 더 깨끗한 아이입니다.

예성이에게는 달이 언제 뜨고 지는가 하는 것보다 그저 환하게 세상을 비추는 달이 있는 것을 좋아하는 아이이기에 예성이에게 달이란 시간과 관계없이 언제나 오르락내리락하는 달일 뿐입니다.

언덕길을 내려오면 달은 지고 언덕에 오르면 뜨는 달. 사실 예성이가 알고 있는 달이 우리들이 알고 있는 달보다 훨씬 달스럽습니다. 나도 예성이와 같은 달을 바라보고 싶고 예성이처럼 이 땅의 사람들을 만나고 싶습니다.

차임벨이 아직도 울리는 교회를 다녀와서, 학의 입을 닮았다고 학꽁치라고 불리는 생선을 얇게 썰어 예성이네와 단맛 나게 회 한 점을 먹었습니다. 달이 너무 환해서 단맛 나는 바다를 고스란히 보여주는데, 예성이의 오르락내리락하는 달은 질 줄도 모르고 예성이 곁에 꼭 붙어있습니다. ●

마지막 여행, 눈물로 끓인 라면

　내게는 망막색소변성증이라는 병으로 점차 시력을 잃어가더니 급기야 40대 초반에 두 눈의 시력을 완전히 잃은 친구가 한 명 있다. 친구의 어머니도 그랬고 한 명 있는 여동생도 사시(斜視)였으니 눈에 관한한 유전적 대물림이었을 것으로 생각된다.

　내가 목포에서 전주로 온 첫해, 친구는 기별도 없이 나를 찾아왔다. 방문 이유를 듣고 어깨가 떨릴 정도로 울었던 기억이 지금도 생생하다. 아직 시력이 남아 있을 때 내 얼굴이라도 가슴에 담아두고 싶어서 왔다는 친구는 5월의 화창한 햇살 아래에서도 흔들리는 걸음걸이를 보여주었고 짙은 나무 그늘 아래에서는 여지없이 발을 헛디뎠다.

　친구는 나에게 다녀간 뒤 강원도 춘천의 장애인 직업학교에서 점자와 안마를 배우기 시작했다. 이따금 전화에 대고 "너보다 잘하는 것이 생겼다"며 너스레를 떨면서 일하다 피곤하면 언제든지 안마를 받으러 오라는 우스갯소리도 빼놓지 않았다.

　친구가 몇 년 뒤 또 나를 불쑥 찾아왔다. 강원도 고성 집에서 눈 내리는 소리를 듣다가 하염없이 내리는 눈을 바라보고 있자니 갑자기 친구가 보고 싶어서 견딜 수 없었다는 이유가

시력이 남아 있을 때 얼굴을 가슴에 담아두고 싶어서 찾았다
는 몇 년 전의 여행과 많이 닮아 있었다.

시력을 잃은 친구가 내리는 눈을 보다가 친구가 보고 싶어
서 왔다는 말을 어떻게 받아들여야 할지 무척 혼란스러웠다.
눈 내리는 소리를 듣지도 보지도 못하는 건 친구가 아니라
나라는 사실을 깨닫기까지 오랜 시간이 필요 없었다.

친구는 언제든 눈을 내리게 할 것 같은 목소리로 이렇게 말
했다. "잃어보지 않으면 그것이 얼마나 소중한 것이었는지 모
르는 것이 사람인 것 같아. 더욱 안타까운 건 잃어본 경험이
있는 사람도 시간이 지나면 익숙해진다는 거야. 다만 주변 사
람들만 안타까워 할 뿐이지. 물론 나도 그렇고…"

아무런 잘못도 없이 젊은 나이에 시력을 잃은 친구는 우리가
그토록 눈을 부릅뜨고 찾으려던 것을 찾았고, 또 그렇게 찾은
것처럼 순응하며 살고 있는 것 같았다.

난 친구의 그런 모습을 보는 것이 더 힘들고 고통스러웠다.
내가 그나마 위안 삼을 수 있었던 건 친구가 자신을 꼭 붙들
고 살아간다는 것이었다.

내가 신학대학에 입학한 첫해 볕 좋은 5월의 어느 날, 찾아
간 친구의 집에는 잔뜩 술에 취해 한바탕 일을 벌이고 잠든
친구의 아버지와 땅에 뒹구는 세간을 정리하시던 어머니만 계
셨다.

"아유, 전도사님 오셨어요. 어쩐 일이시래요."

내가 신학 공부를 하면서부터 친구 어머니는 전도사라는 호
칭으로 나를 대하시며 말까지 올리셨다. 어색하고 불편했지만

어머니의 신앙심으로 받아들였다.

"이 친구 어디 갔어요?"

"그놈 나갔어요. 지 아버지 술만 먹으면 집을 나가 버린다니까요. 그런데 아직 점심 전이시죠. 제가 금방 라면이라도 끓일 테니 방에 들어가 계세요."

낮이어도 불을 켜지 않으면 안 될 정도로 어두운 부엌에서 어머니는 곤로의 심지를 돋우고, 성냥을 그어 냄비에 물을 안치셨다.

라면을 넣다 냄비 뚜껑 위에 있던 행주가 냄비 안으로 들어간 것까지는 알 수 없으신 어머니는, 조금 전 술 취한 남편이 걷어찬 알루미늄 밥상에 라면냄비를 들고 들어오셨다.

난 행주를 꺼내 놓는 것도 잊은 채 흐르는 눈물로 라면을 식혀가며 점심상을 비워냈고, 어머니는 곁에 앉으셔서 "계란도 안 넣었는데 못 넣었는데"를 주기도문처럼 외우고 계셨다.

어머니는 눈물로 식혀야만 먹을 수 있는 라면을 신학교 입학선물로 오래전에 주셨건만, 그 어머니의 아들은 '마지막 여행'이라는 선물을 내게 주었다.

이따금 친구는 내게 전화를 걸어 안부를 묻고, 난 어머니의 안부를 묻는다. 친구 아내는 하나뿐인 아들이 남편처럼 되지 않도록 간절한 기도를 내게 부탁하고, 난 친구가 사는 옆집이 비었는지를 물어본다.

혼자 라면을 먹을 때면 행주를 넣고 푹푹 삶은 육수로 맛을 낸 눈먼 친구의 눈먼 어머니가 끓여 준 라면이 떠오른다.

나도 눈을 감기 전, 마지막 여행을 내게로 와준 친구에게 멋진 사진 한 장을 보내야겠다. 눈이 오는 소리도 듣고 보는 친구가 그깟 사진 한 장 못 보겠어?

익지 않은 포도

어릴 적 동네에 있던 '이층상회'라는 상호를 가진 가겟집 딸과 결혼을 하면 배부르게 살겠다는 생각을 한 적이 있습니다. 그래서 그런지 큰 마트에 들르면 나도 모르게 배가 불러옵니다. 휘 둘러보는 곳곳에 이층상회 집 딸보다 예쁜 것들이 넘쳐나니 그런 것 같습니다.

옛날 생각에 헛바람 새는 소리가 입을 비집고 나오는 찰나에 유난히 이목을 끄는 것이 있습니다. 창밖에는 눈발이 날리고 있는데, 매장 안에는 청포도가 산더미처럼 쌓여 있었습니다. "딸기는 어느 계절 과일인가요?"라는 초등학교 1학년 시험에, 겨울이라고 적은 아이들이 한 반에서 반을 넘겼다는 기사는 지어낸 이야기가 아니라는 것과 마트에 진열된 청포도는 내가 지금 겨울을 살고 있는 것인가 하는 의문마저 들게 합니다.

청포도를 사볼 요량으로 다가서는데, 대여섯 살쯤 되어 보이는 여자아이의 목소리가 들려왔습니다.

"엄마, 포도!"

"포도? 저 포도 파랗지? 안 익어서 그래. 익지 않은 포도를 먹을 수 있을까 없을까? 못 먹겠지?"

엄마는 자신이 묻고 대답까지 했습니다.

난 그때 알았습니다. 청포도는 익지 않은 포도라는 사실을 말입니다. 카트를 밀고 가는 부녀의 뒷모습을 한참 동안 바라보다가 청포도는 **안 익은** 포도라고 말한 이유를 모녀의 옷차림에서 발견하고는 화가 났습니다.

문득, 우리가 사는 이 땅에, 아니 이 마트 안에는 청포도란 익지 않은 포도임을 자식에게 가르쳐야 하는 부모가 더 있을지도 모른다는 생각에 물건들 사이사이를 걸어가는 사람들을 한동안 카트가 되어 바라보았습니다.

집으로 돌아갈 때 통닭 한 마리라도 들고 가려고 편의점 컵라면으로 저녁을 때우는 아버지, 유모차에 박스를 가득 올려놓고 차도를 구부정하게 걷는 노인들, 정규직 전환을 외치며 길바닥에 나앉은 사람들, 이들 모두가 청포도란 익지 않은 포도라고 말하는 엄마 아빠들이라는 생각이 들었습니다.

익지 않은 청포도 한 송이를 집어 들었습니다. 「칠레산 씨 없는 청포도 5,990원」 익지 않은 포도치고는 비쌌지만 난 대여섯 살 아이도 아니고, 익지 않았다고 말해주는 엄마도 곁에 없고, 청포도가 썩어 갈 때까지 책상 앞에 두고 바라보며 청포도는 익지 않은 포도라서 먹을 수 없던 모녀의 삶을 오랫동안 놓고 싶지 않았기 때문입니다.

청포도는 익지 않았어도 진열대에 가득한데 아이 엄마의 장바구니 안에는 달랑 라면 한 팩과 미국산 콩으로 만든 두부 한 모만 담겨 있었습니다.

엿들은 전화

우연히 옆 사람의 전화를 엿듣게 되었습니다. 산에서 내려와 아들과 목욕탕에 들렀다가 그리된 겁니다. 수화기 안에서 들려오는 목소리는 부탁을 넘어 다분히 애걸하는 수준이었고, 애걸의 내용은 빨리 물건 대금을 보내주시기 바란다는 것이었습니다. 목욕탕에서 전화를 받는 사람은 팬티 속에 손을 넣어 긁적거리면서 급한 일로 밖에 나온 탓에 돈을 송금할 수 없으니 오늘은 불가하다는 말만 해대고 있었습니다.

목욕탕의 남자가 말한 송금 불가의 이유는 지금 매우 중요한 일을 하고 있다는 것이었고, 전화 건너편 사람은 세 시까지 송금이 안 되면 자신에게 너무 힘든 일이 벌어진다고 매달리듯 말하고 있었습니다.

수화기 너머 사람의 애절한 송금 요구가 지속되자 목욕탕 남자는 급기야 화를 내기 시작했습니다.

"내가 언제 돈을 안 준다고 했어. 지금 무척 중요한 일을 하고 있으니 내일까지 보내준다잖아."

몇 번을 더 애걸하던 전화 속 남자는, "그럼 내일까지 꼭 보내주세요."라며 통화를 끝내려는 것 같았습니다.

목욕탕 남자에게 매우 소중한 일이란 목욕을 하는 일이었음을 우연히 듣게 된 나는, 옷을 벗다 말고 나보다 먼저 목욕탕 안으로 들어간 아들에게 소리쳤습니다.

"아들, 목욕탕 바닥이 미끄러우니 조심해라!"

목욕탕으로 아주 중요한 일을 하러온 그 남자는 전화기를 귀에 바짝 대며 나를 흘낏 쳐다보았습니다.

수화기 너머 사람에게 중요한 일이란 고작 목욕하는 것임을 알려주고 싶은 사소한 정의감 때문이었지만 탕에 얼굴을 묻기도 전에 후회가 찾아들었습니다.

전화 속 남자는 중요한 일이 목욕하는 것이었음을 설령 알았다 할지라도 이른 아침에 전화를 걸어 "중요한 일은 잘 마치셨어요?"라는 말부터 시작할 겁니다. 그럼 목욕탕으로 아주 중요한 일을 하러온 그 남자는 또 다른 중요한 일을 들어 속을 뒤집어 놓겠지요.

나도 그 사람과 함께 매우 중요한 일을 했습니다. 세상은 목욕이 가장 중요한 일처럼 돌아가고 있습니다. 수화기 속의 남자가 세 시가 넘으면 누군가에게 돈을 융통하러 다닐지 다른 목욕탕 남자가 될지 모르지만, 세 시가 넘어서도 아무 일이 생기지 않기를 바라면서 머리를 물속으로 욱여넣었습니다.

손바닥 양산

차가 신호등에 걸렸습니다. 모처럼 따뜻한 햇살이 점령한 초 겨울의 거리 풍경을 음미하고 있는데, 20대 초반의 연인이 횡 단보도 앞에 서 있습니다. 곁의 남자 친구가 손바닥으로 여자 친구의 얼굴을 가려줍니다. 눈부심을 막아주려는 작은 배려가 담긴 애정표현일 겁니다. 남자친구의 손바닥은 순간 작은 양산 이 되었습니다. 세상 어느 여인보다 아름다운 사람의 얼굴에 조금의 눈부심도 허락하지 않겠다는 듯 손바닥 양산은 여인의 얼굴 앞에서는 영원한 빨간 신호등, 조금의 위협도 없는 무균 실 같을 겁니다.

햇볕을 가리고 있는 손바닥 양산 한번, 양산이 된 남자의 얼 굴을 번갈아 바라보며 신호등이 바뀐 횡단보도를 햇살만큼이 나 밝은 얼굴로 건너는 여인, 비록 그들에게 신호등이 깜빡이 는 정도의 시간만큼만 사랑이 허락된다 할지라도 손바닥 양산 이 펼쳐진 그 순간만큼은 아담과 하와 단둘만 거닐었던 에덴 동산임이 분명하겠죠.

오늘 하루쯤, 당신도 누군가의 손바닥 양산이 되어보길 권합 니다. 신호가 바뀌면 건너서 다시 기다리고, 기다리다 신호가 바뀌면 손바닥 양산이 되어 걷기를 청해봅니다.

다시 기억해보는 사람

사랑학 개론(홍○○)

딸이 나에게
사랑이 무어냐고 묻는다면
눈물의 씨앗이라고 하면 될까요?

딸이 또 나에게
왜 눈물의 씨앗이냐고 물으면
콩깍지가 씐 것이라고 해야 할까요?

딸이 다시 나에게
왜 콩깍지가 눈에 씌는가 물으면
네 젊은 야생마 때문이라고 하면 될까요?

딸이 답답한 듯
콩깍지와 야생마가 무슨 관계냐고 물으면
나도 답답하여
아마도 콩깍지는 너의 순수요
야생마는 너의 뜨거움일 거다라고 해야 할까요?

딸이 흔연스레
아빠 그러면 나 사랑해도 돼? 하면은
나는 더욱 답답한 가슴으로

네 뜨거움으로 너의 뜨거움을 이기고
네 순수로 너의 순수를 지키라고 하면
될까요, 아니 될까요

모처럼 아가 볼살 같은 흙에 철퍼덕 앉아 엉덩이를 끌며 배추 모를 심다가 위의 시를 쓴 홍OO님이 불현듯 생각났습니다. 완도 산사(山寺)에서 구도하던 스님을 열아홉 살짜리 고3 여학생이 봄소풍을 갔다가 한눈에 반해 구애(求愛)를 시작하고, '이것도 부처임의 뜻일진대…' 하며 둘은 인연을 맺고 딸 하나를 두었답니다.

내가 이들을 만났을 때는 "사랑해도 되냐"고 시를 통해 아빠에게 묻던 딸이 초등학교 5학년이었습니다. 작은 횟집을 하며 다감하게 살던 홍OO님은 딸이 자립할 나이가 되니 다시 구도의 끈을 붙잡고자 출가하고, 아내는 대학 기숙사로 들어가는 딸의 뒷모습을 뒤로하고 비구니의 길을 걸었습니다.

세상에서 목사는 이 목사뿐이라는 농을 건네던 이들이 간절해서 배추 모를 향해 합장을 하고 말았습니다. 잊혀질 만하면 전화를 주곤 했는데, 몇 년 동안 소식이 없는 것으로 봐서 정진하고 있거나 흔들리고 있음이 분명합니다.

세인(世人)들 소견으론 목사와 스님의 관계가 어울리냐 하겠지만, 이들과의 인연은 물과 바람 같아서 참 좋습니다.

우연히 어느 절집 공양간에 앉았는데 내 앞에다 공양 그릇을 부처 밥알, 미륵 채소를 전해주고는 배시시 웃는 이들을 보게 되기를 합장합니다.

이상한 휴대폰

갑자기 봄인 것 같은 점심을 막 넘긴 무렵 차분하던 전화기가 제 몫을 다하려는 듯 깊게 울었다.

"이 목사, 자네 가까운 곳에 있으면 전화가 더 잘 들릴 것 같아서 전화했네."

친구 집은 속초인데 지금 있는 곳은 천안이란다. 하나뿐인 아들이 대학을 졸업하는 날, 속초보다 더 가까운 곳에 왔으니 전화 목소리가 더 잘 들릴 것 같아서 전화했다는 친구였다. 그래, 내가 사는 곳은 천안이 속초보다 더 가깝지. 그건 그렇지!

나와 가까운 곳에 왔으니 전화가 더 잘 들릴 것 같아서 전화했다는 친구에게서 그저 목소리만 들으려고 전화한 것이 아님을 누구보다 잘 알기에 코끝이 싸했다.

친구는 앞을 보지 못한다. 친구 어머니도 마흔을 갓 넘긴 나이부터 그랬고 친구도 어머니의 마음을 자신의 눈으로 이해하는 것이 옳다는 듯 그리되었다. 그런 친구가 천안까지 왔으니 어찌 시베리아 횡단과 견주겠는가.

친구 아들의 이름은 정석이다. 학창시절 '수학1, 2 정석'에 한을 품어서 지은 이름이냐고 물었더니 정석대로 살라고 지어줬단다. 친구는 속초보다 가까운 곳에 있으면 내게 언제나 전화

40 ●

를 할 것이다. 가까우면 전화가 잘 들린다는 이유 같지 이유를 들어서 꼭 그럴 것이다.

친구의 아내는 목사인 내게 "남편의 유전으로부터 아들이 자유롭게 해달라고 하나님께 기도해주세요."라는 부탁을 했고 난 말없이 고개만 끄덕거렸다.

28년이 넘도록 이어지는 단 하나의 기도 부탁, 그 부탁은 28년째 응답되어지고 있다.

가까우면 잘 들린다는 친구의 말을 믿고 난 예배당에 앉아 버튼도 필요 없는 전화기로 하느님께 전화를 드렸다.

"천안에서 속초까지 행복하게 돌아가도록 해주시면 좋겠습니다. 친구의 아들이 유전으로부터 자유롭게 해주시면 행복하겠습니다."

안주는 공짜

영화 세트장에서나 볼 것 같은 거리가 텔레비전에 나왔다. 충남 서천 판교, 60-70년대에 만 오천 명 넘게 북적대던 곳이 지금은 2,500명밖에 되지 않는다며 아직도 신나게 돌아가는 45년 된 대한전선 선풍기 앞에서 고장 난 시계를 만지는 시계방 아저씨의 얼굴은 회한으로 가득했다.

군산 옥산에서 살다 중매쟁이에 속아 세 살 배기 자식을 둔 인간을 총각으로 알고 결혼을 한 옥산 댁은, 남편을 일찍 마실 보내고 목구멍이 포도청, 자식이 웬수라며 여든 넷 지금까지 간간이 들르는 손님들에게 막걸리 한 병에 2000원, 안주는 공짜로 주막집을 지키며 살고 있다.

손님이 없을 때는 가게 앞 나무의자에 앉아 파리채로 파리를 쫓기도 하고 파리채로 사람을 부르기도 하며 파리채로 내치기도 한다.

안주는 공짜고 술값만 받는 그런 술집에 당신은 가본 적이 있는가? 많이 알려고 하지 말라며 그래야 다음을 기약하게 되는 것이라는 주모를 만나본 적이 있는가?

술보다 안주를 팔아야 남는 것이라는 주인과 그들이 운영하는 술집들이 즐비한 탓에 우린 술을 마시기 위해 안주를 먹는 것인지, 안주를 먹기 위해 술을 마시는 것인지 헷갈리는 세상에 살고 있다.

2,000원 막걸리 한 병에 안주는 공짜인 판교 옥산댁이 파리채를 들어 사람을 부르고 쫓는 주막에 가고 싶다. 안주보다 술이 대접받는 주막에 앉아 한잔하고 싶다.

말씀은 2,000원만 받고 복은 공짜인 교회의 목사로 살고 싶다. 옥산댁처럼 중매쟁이에 속아서 자식 둔 총각과 만났다고 해도, 남편 떠난 그곳에서 파리채로 사람을 부르고 사람을 쫓고 파리까지 잡는 목사로 살고 싶다.

누구 나랑 판교에 들러 막걸리가 주연이고 안주가 조연인 영화 한번 찍으실래요?

눈물로 씻어 먹는 수삼

　전화벨이 울린 건 긴 장마가 끝나고 높은 습도와 온도로 길게 이어진 하루의 끝부분이었다. 수화기로 전달되는 말투가 조금 어눌하다. 내가 있는 곳을 물으며 자신은 평화동이란다. 전화를 하기 전에 벌써 내게로 출발했음을 알 수 있었다.

　성학 씨의 전화, 성학 씨는 십여 년 전 내게 세례를 받았으나 지금은 울타리 밖에 있는 교우로 전기와 에어컨을 수리하는 전기기사였을 때 만났다. 얼마나 꼼꼼하게 일을 하던지, 일을 맡겨놓고 딴 일을 보아도 전혀 불안하지 않던 꼼꼼 성실맨이었던 그가 몇 년의 공백은 아무렇지도 않다는 듯 내게 전화를 걸어 오고 있다고 했다.

　3분이 조금 지났을까 성학 씨는 그렇게 내게 몇 년을 넘어 성큼 다가왔다. 성학 씨는 늦은 결혼을 하였으나 얼마 지나지 않아 뇌출혈로 쓰러진 후 장애를 갖게 되었다. 난 성학 씨의 아내를 잘 모른다. 한두 번 본 것이 전부이니 안다고 말하는 건 거짓일 것이다. 하지만 잘 아는 사람처럼 느껴지는 사람이다. 쓰러진 남편을 수발하는 이야기를 바람결에 듣는 것만으로도 나는 그 여인을 잘 아는 것 같은 친근함을 느끼기 때문이다.

손이 예전 같지 않아 원래 하던 일을 할 수 없었던 성학 씨는 잠깐 보험 일을 했지만 능숙한 설명이 필요한 일이었기에 그마저도 쉽지 않았을 것이다. 그런 성학 씨가 몇 년 만에 나를 찾아서 스티로폼 박스 두 개를 들고 왔다. 자신이 농부가 되어 얻은 첫 결과물에는 친환경 인증 딱지가 붙은 수삼(水蔘)이 새색시 신발처럼 가지런히 놓여 있었다.

첫 농사, 첫 수삼, 첫 출하, 첫 선물을 내게 가져온 성학 씨! 박스 안에는 말 안 해도 어떻게 길렀는지 알 것 같은 수삼들이 푸른 잎사귀와 앙증맞은 열매까지 달린 채 곱게 담겨 있었다.

한 박스는 나를 위해 한 박스는 교회 식구들과 나눠 드시라는 말 앞에서 목이 메는 것을 헛기침으로 감춰야만 했다.

첫수확 한 것을 내게 가져온 성학 씨는 아직도 몸이 불편해 보였고 말도 그랬지만 나는 성학 씨의 이야기를 그 어느 때보다 또렷하게 들을 수 있었다.

수삼 하나를 씻어서 잎사귀부터 뿌리까지 아내와 정성스럽게 씹어 먹었다. 삼의 쓴맛 때문인지 난 눈을 뜨고 그것을 먹을 수 없었다. 내가 성학 씨를 위해 기도했을 때, 흘린 눈물맛과 수삼의 맛은 많이 닮아 있었다.

성학 씨는 별말도 없이 금방 돌아갔지만 성학 씨는 수삼이 되어 오랫동안 나와 함께 있었다.

두 사람

사람 1

자주 다니는 대중목욕탕, 비슷한 시간대에 가면 꼭 만나는 사람이 있다. 그는 흰 비닐봉지로 스마트폰을 싸서 사우나실까지 가지고 들어와 무언가를 열심히 한다. 무엇이 그리도 중요한 일인지 궁금했지만 서로 벌거벗은 몸이기도 하고 잘 아는 사이도 아니어서 곁눈질로 궁금증을 해소하려는데, 손에서 미끄러진 스마트폰이 바닥에 떨어졌을 때 그 사람이 사우나실까지 와서 하는 그 숭고한(?) 일이 무엇인지 알 수 있었다. 이름하야 고-스-톱-게-임!

스마트폰을 황급히 집어들면서 내 눈치를 슬쩍 살피는 사람, 나는 얼굴에 흐르는 땀을 손으로 문지르는 척하며 보지 못했음의 예의(?)를 드러냈더니 금방 편안한 표정으로 다시 스마트폰 속으로 들어갔다.

사람 2

주중에 한두 번, 한 시간씩 뭔가를 배우는데 나와 같은 것을 배우는 다음번 사람은 아무렇지도 않게 벗어놓은 내 신발을 출구 쪽으로 돌려놓는 사랑을 보여준다. 하지만 배움을 마치고 나올 때 알게 되니 감사하다는 인사조차 드릴 수 없었다.

  족히 대여섯 살은 위로 보이는 사람, 나가고 들어 올 때만 마주치는 탓에 짧은 대화도 나누지 못했지만 신발 하나로 더 깊은 허리 숙임의 인사를 건네는 것으로 고마움을 대신했다. 만약 배움의 시간이 그 사람보다 뒷시간이었다면 나도 그 사람처럼 신발을 신고 나가기 편하게 돌려놓았을까?

  여느 때처럼 가지런한 신발을 내려다보다가 마치 내가 신발을 정돈한 사람처럼 그의 신발을 들었다 놓으며 신발을 향해 살짝 고개를 숙였다. 그러다 행복이라는 건 짧은 고개 숙임에도 온다는 사실 앞에서 겸허해졌다.

  세상엔 참 많은 부류의 사람들이 있다. 사람 1도 있고 사람 2도 있으니 어찌 사람 1보다 사람 2와 같은 사람을 만나고 싶지 않겠는가. 아니 만나고 싶다고 말하기보다 내가 사람 2로 살겠다는 말이 더욱 의미가 있을 거 같았다.

술, 전화, 친구

중고등학교 동창들과 술을 마시는 자리가 생기면 언제나 내게 전화를 하는 친구가 있다. 그는 고등학교 3학년 우리 반 반장이었는데, "그동안 잘 계셨습니까?"라는 안부로부터 시작해서 "안녕히 계십시오."라는 말로 통화를 끝낼 때까지 친구인 내게 높임말로 전화를 하는 자기만의 원칙을 지킨다.

친구는 교회를 다니지도 않는다. 아니 오히려 토속신앙 쪽에 더 가깝다. 단지 내가 목사라는 이유 하나로 그럴 뿐이다. 게다가 술자리를 함께하는 친구들과 인사할 수 있도록 일일이 전화를 바꿔주는 그의 행동은 그가 내게 주는 두 번째 선물이다. 물론 주변에 있던 친구들은 얼떨결에 나와 통화를 했을 것이고, 갑작스러움에 난처함도 있었을 것이다. 그런데 친구와 술자리를 하면 으레 나와 통화할지도 모른다는 생각에 은근히 기다리게 되더라는 말을 통화 중에 전해주었다.

중고등학교 동창들이어서 40년이 훌쩍 지난 세월의 무게 탓인지 이름만 듣고는 누가 누구인지를 기억해 내기란 쉽지 않지만, 통화를 하다보면 며칠 만에 다시 만난 것 같은 느낌으로 통화를 하는 건, 동창들과 갖는 술자리에서 항상 전화를 걸어 바꿔주는 내 친구 때문이다.

어제는 일곱 명의 친구들과 긴 통화를 했다. 곰곰이 생각하니 여자 동창도 있었기 때문인데, 박사, 사업가, 트로트 가수, 전업주부, 그리고 시청 공무원인 그까지 40년 전의 기억을 끄집어내어 돌아가는 활동사진처럼 생생했다.

술만 마시면 전화를 하는 친구, 친구는 술을 마시는 것이 아니라 추억을 마시고 싶었기 때문일지도 모른다.

소주 한잔에 친구의 목소리를 듣고, 또 한잔에 오래전에 멈춘 시계의 태엽을 감고, 빈 잔을 채우며 습습해지는 인생에 불이라도 질러보고 싶은 오기 냄새가 스쳐간다.

난 언제나 메가폰을 잡은 친구가 만들어내는 '추억'이라는 영화 속의 비중 있는 배우로서 최선을 다해 촬영에 임한다. 비록 얼굴은 보이지 않고 목소리만 등장하는 역할이지만, 엔딩 크레딧의 이름 석 자만 가지고도 충분히 행복하기 때문이다.

통화를 끝내니 시계바늘은 새벽 한 시를 넘어가고 있었고 그 시계 바늘 사이사이에서 아버지 대신 연탄배달 수레를 끌던 친구, 엄마 대신 구멍가게를 보던 친구, 좋은 대학에 합격하고도 진학 대신 공무원을 선택하고는 불쾌한 얼굴로 전봇대를 붙잡고 있던 친구의 얼굴이 초침 사이에서 대롱거렸다. 갑자기 목이 메었다. 소주가 마시고 싶어졌다.

술만 마시면 전화를 하는 친구, 친구는 어쩌면 건조한 나의 인생에 불을 지르는 방화범인지도 모른다.

피정 한담(閑談)- 두 가지 감사

1.

피정을 떠나기 전 놓고 갈 것 1순위를 휴대폰으로 정했다. 하지만 가져가기로 했다. 공동체 식구 중 한 사람이 피정 중에 전화로라도 축복기도를 받고 싶다고 하셨기 때문이었다. 화요일이나 수요일쯤 남편이 그토록 소원하던 개인택시를 불하받는데, 나의 기도가 필요하다는 것이었다.

속세(俗世)와의 연(?)을 끊고 한 주를 보내겠다는 생각이 비틀린 순간이었지만 가슴이 따뜻해진 것으로 오히려 감사했다. 그런데 약속보다 늦어진 목요일 점심 무렵, 백담사 선방(禪房) 담벼락에 기댄 채 나무 사이로 간간이 들어오는 햇살을 바라보고 있는데 갑자기 전화기가 떨었다. 수줍은 인사 뒤에 전화기를 스피커폰으로 전환하라고 요청한 후, 불법(佛法)의 땅에 찾아든 이방인의 기도였는지는 몰라도, 택시로 세상의 어떤 사람도 다치는 일이 없기를 마음을 다해 기도했다.

백담사 담벼락이 아니라 북새통 어물시장에 있었다 할지라도 난 간절하게 기도했을 것이다. 그리스도인이 아니면서도 아내가 다니는 교회의 목사에게 기도를 받고 싶을 정도로 개인택시가 간절했음을 잘 알고 있기 때문이었다.

예수님의 이름으로 기도는 끝났지만, 백담사에 놀러오신 부처님도 나의 기도에 동참해주셨으리라 믿는다. 내겐 신자의 남편이지만, 예수에게는 '이 땅의 작은 자'이고 부처에겐 가련한 '중생'이 아니겠는가.

햇살을 고스란히 머리에 인 수도자가 가을 햇살을 닮은 미소를 지으면서 곁을 지나간다. 하느님도 그렇게 웃으셨을 것이고 나는 전원을 끈 휴대폰을 배낭 깊숙이 집어넣었다.

2.

유전적 요인으로 점차 시력을 잃어가는 친구, 그리고 그의 아내. 그렇게 셋이서 진부령 꼭대기 어느 펜션 나무 벤치에 앉았다. 차 한 잔과 저만치 오고 있는 가을을 느끼며 별말 없이 앉아있는데 친구 아내가 이야기를 시작했다.

"갑자기 죽음을 받아들여야 하는 사람, 갑작스런 일로 어찌 대처해야 할지 모르는 사람들이 얼마나 많아요. 그런 사람들에 비하면 난 행복한 여자지요. 남편은 내게 준비할 시간을 충분히 주니까요. 남편이 점차 시력을 잃어가고 언젠가는 전혀 보지 못하는 사람이 되겠지만, 벌써 몇 년 전부터 그런 상황을 알고 대비하고 있으니 그것마저도 감사하지요."

친구 아내의 말과 백담사에서 받은 전화로 내 피정은 위대한 피정 쪽으로 흘러갔다.

피정(避靜), 일상생활에서 벗어나 고요함을 통해 자기성찰을 이루려는 시간을 의미하지만, 진정한 피정은 사람들 속에 존재하는 사랑을 깨닫는 것이며 그들을 사랑하는 것임을 알게 해준 시간이었기에 위대하다 말할 수 있지 않겠는가.

슬금슬금 눈이 멀어가는 남편을 보는 것은 고통을 넘어 절망스런 일일 것이다. 그럼에도 갑자기 닥친 일로 삶의 의미를 잃어가는 이 땅의 사람들보다 한결 낫다는 친구 아내에게서 내가 이루어야할 피정의 의미를 배울 수 있었다.

  한 남자는 지금 시력을 잃어가고 있고, 그 남자가 자신의 남편이라는 아픔은 있지만 그래도 준비할 수 있는 시간이 주어졌다는 것 앞에서 감사함을 찾는 사람을 만난 것 이것이 나의 진정한 피정임을 믿는다.

피정 이야기- 길에서 만난 사람들

(나는 한해 세 차례 이상의 '걷기 피정'(避靜)을 갖는다. 7년 전부터 시작한 '걷기 피정'으로 우리 땅 구석구석을 걸었다. 적게는 100여 km에서 많게는 220km를 6일에 걸쳐 걸었다. 걷는다는 건 모든 것과 함께한다는 것으로 집약하게 되었다. 그래서 나는 걸으면서 기도를 하고, 노래를 부르기며 하며, 시도 쓴다. 오늘 피정 이야기는 여러 걷기 피정 중에서 하나를 골라 적은 것이다.)

세월호 추념 3주기를 맞아 목포 신항만 현장에서 현장기도회를 갖자고 교우들이 뜻을 모았다. 전주에서 목포까지 가는 차 안의 공기가 여느 때와 다르게 느껴지는 건 같은 마음으로 아픔을 공유하고 있다는 동질감으로 읽혀졌다.

일요일 오후인 탓도 있지만, 세월호 사건에 대한 분노가 많은 사람들을 추념의 물결로 불러내고 있었다. 현장에서 진행 과정을 살피고 세월호 유가족들을 돕는 일을 하는 지인의 소개로 예배용 컨테이너 한 동에 자리를 잡은 우리 일행은 아직도 자식의 주검을 찾지 못한 채 땅을 밟고 살아가는 한 어머니와 가슴 시린 이야기들을 나누며 눈물로 기도를 드릴 수 있었다.

아팠다, 슬펐다, 칼 같은 분노가 치밀어 올랐다. 그런 중에도 정수리까지 훅하고 올라오는 건 사랑이었다. 사람에 대한 사랑, 빼앗긴 자들에 대한 사랑이 아주 조심스러운 언어로 일행을 에워싸고 있었다.

교우들은 다소 무거운 마음으로 전주로 돌아가고 나는 목포에서 해남 땅끝까지 약 100km를 에둘러 걷는 피정을 시작하기 위해 목포 어머님 댁으로 가서 하룻밤을 지내기로 했다.

이른 5시 30분, 어머니는 먼 길을 걷는 나를 위해 아침상을 차려주시고 하얀 봉투 하나를 손에 꼭 쥐어주셨다. 걷는 도중에 목이 마르면 슈퍼에 들러 음료수라도 사 먹으라시며 주신 하얀 봉투, 나는 가방끈을 다시 한번 단단히 당기고 어머니의 하얀 봉투에 담긴 사랑에 떠밀려 길을 떠났다.

우리 장모님

우리 장모님
막내 사위 걷기 피정 길에
처갓집 들러 한 밤 자고 일어났더니
아침상 차려주시고
아무쪼록 조심하라며
하얀 봉투 손에 쥐어주시네
길도 걷기 전에 마음이 늘렁늘렁해졌네
하나 받았으니 열로 갚아야 할 생각에
행복이 어머니 염려처럼 밀려드네
집에 돌아와서도 열어 볼 수 없었던 하얀 봉투
책상 위에서 유배당한 채 놓여 있다가

큰아들 책갈피로 사용하라 주었네
우리 장모님 하얀 봉투 주셨네
아무쪼록 조심하라며
사랑 담아주셨네

07시 15분, 어머님 댁을 나와 철길을 가로 건너는 육교를 넘어 영산강 방조제를 걸어서 영암 삼호면 쪽으로 방향을 잡았다. 비가 후두둑 떨어지기 시작하고 작은 우산으로는 어려울 정도로 바람이 거세다. 가는 길에 후배 목사가 개척한 교회가 있다는 생각이 났다. 길가 밑동만 남은 무화과나무는 얼마 있으면 가지를 뻗고 잎을 밖으로 밀어낼 것이다. 꽃이 과육이 되는 무화과를 기대하며 비가 흩뿌리는 4월의 길은 마냥 낭만적이지는 않았다.

배낭을 내려놓고 젖은 신발을 벗고 마시는 믹스커피의 단맛은 유난히 달달하다. 길에서 만나 사랑하는 이와 마시는 커피 한 잔은 신발 끈을 고쳐 맨 것처럼 더 든든했다. 후배에게 목회보다 중요한 건 사랑이라는 말을 남기고 짱뚱어와 세발낙지의 고장 독천을 지나 미암면 외곽을 타는 길을 잡았다. 예전엔 1차선 호젓한 산길과 벌판을 지나는 길이었는데, 4차선은 물론 보행로까지 잘 갖춰진 전용도로가 그동안 긴 시간이 흘렀음을 말해주고 있었다.
지쳐갈 때쯤 길가의 번듯한 건물 하나가 눈에 들어왔다. 비를 피하거나 화장실을 이용하기에도 좋을 것 같아 서성이는데, 일병 계급장을 단 군인 아저씨가 문을 열고 바라보았다.

길에서 만난 사람 1

(이름 전00 일병, 상근예비역, 세 살 때 부모 이혼 후 집을 나가자 조부모 밑에서 큼, 00공고 전기과 졸, 자격증 3개- 굴삭기, 전기 기사, 1종자동차면허 소지자)

그가 경계하는 눈빛으로 누구냐고 물었다. 커피 마실 수 있나요? 라고 되 물었더니 안으로 들어오란다. 종이 커피 한 잔을 다 비우기도 전에 전 일병은 자신의 신상을 모두 털어놓았다. 국보급 순진 남, 여친? No, 공부를 못해서 여친이 없다는 말이 금방 돌아왔다.

20여분이나 지체되어 배낭을 챙기는데 벌써 가냐며 서운해하는 빛이 역력하다. 목사라고 했더니 지난 주 친구 성화로 교회에 갔다가 무조건 믿으라고만 해서 별로였다는 말을 한다.

손을 흔들면서 빗길에 걷는 건 좋지 않다고 넌지시 염려하는 천사 표 청년, 피정 길에서 만난 첫 사람이었다.

남산마을 미용실- 빗길을 뚫고 해남 마산면을 향해 장감장감 걸었다. 안개가 몰려왔다가 비바람에 쓸려 저만치 달아나기를 반복한다. 마산면을 지나 고갯길을 오르는데 승용차 한 대가 창문을 내리고 어디까지 가는 중이냐고 물어온다. 같은 방향이니 타라는 친절을 보이셨지만, 걷는 이유를 전했더니 엄지손가락을 치켜세우며 캔 음료 하나를 주고 가시다가 브레이크 등을 이용해 응원의 메시지를 보내주셨다.

해남읍이라는 이정표가 눈에 들어왔다. 아직도 5km가 남았다는 표시가 더욱 지치게 만든다. 비는 그칠 줄 모르고 도로를 달리는 차들은 속도를 줄이지 않았다. 히치하이킹의 유혹이 턱에 다다른 순간 눈에 익은 건물들이 보이기 시작했다.

커피숍을 제일 먼저 찾았다. 에스프레소 한 잔에 치즈 케이크 한 조각으로 당분을 보충하고 찜질방의 뜨거운 바닥에 누워 걷기 피정의 첫날을 39km로 마무리 했다.

둘째 날

07시, 편의점에서 컵라면과 커피 한 잔으로 행복을 충전하고 대흥사 방면으로 길을 잡았는데 지친 다리조차 뛰게 만드는 간판 하나가 눈에 들어왔다.

- 죽음사(竹陰詞) 2km -

한자로 읽으면 그럴 듯한데 '죽음사'는 글씨 그대로 죽을 것 같은 나의 심사를 말하고 있는 것 같아 웃지 않고는 견딜 수 없었다. 죽음사를 지나 고산윤선도 유적지 쪽으로 방향을 틀었다. 돌아가는 길이긴 해도 꼭 들려야 할 것 같은 의무감으로 고산 윤선도의 유적지인 녹우당으로 향했다.

녹우당은 심겨진 나무들만 가지고도 얼마나 오랜 세월을 묵묵히 지켜왔는지를 알게 해주었다.

굽이굽이 한적한 길로 에둘러 가니 길은 멀지만 맘은 푸른 벌판이다. 길가에서 만나는 강아지들 덕에 행복은 배가 되고 비 그친 뒤끝이라 푸르름은 더욱 반짝였다.

길에서 만난 사람 2

김OO 할머니 96세, 79세 때 할배는 마실 나가고 큰아들도 앞세워 보내신 수줍음 많은 할머니셨다. 광주, 대전, 수원, 서울에 뿔뿔이 사는 자식 중에서 막내아들과 셋째가 번갈아 내

려와 몇 달씩 엄마랑 지내는 것이 유일한 행복이라는 할머니는 몇 개 남지 않은 이를 환히 드러내시며 웃으셨다. 하지만 내게 이야기를 하시는 중에도 빨리 죽고 싶다는 말씀을 연신 하신다. 자식들 번거롭게 하고 싶지 않다는 것이 이유인데 진짜냐고 묻고 싶었지만, 언감생신 그런 생각은 하시지도 말라고 딱 끊어 말씀드렸더니 새살스럽게 웃으신다.

할머니를 뒤로 하고 걷는데 멀리 두륜산이 보이기 시작했다. 다리는 빠른 길을 원하나 마음은 자꾸만 한적한 길로 가라한다. 두륜산은 지척으로 보이는데 도무지 좁혀지지 않아 길에서 만난 할아버지에게 길을 묻다 재미있는 일을 경험했다.

길에서 만난 사람 3

살초대첩이란 글씨가 새겨진 모자 쓴 할아버지, 성명미상, 연령 80 중반, 가는 길 물었다가 무려 20여분 동안 이리저리 끌려 다님, 중간에 말 끊으려다 면박만 잔뜩 들음.

20여분이나 이곳저곳을 끌고 다니

시던 살초대첩 할아버지는 "가다가 또 물어봐, 잉? 벌로 가덜 말고" 하시는 것이었다.

구름도 할아버지의 말에 살짝 웃었는지 비 한 줌을 뿌리고 지나갔다.

길에서 만난 사람 4

대흥사를 코앞에 두고 무덤에서 뭔가를 하는 여성을 만났다. 바람에 자신을 맡긴 보리밭은 발가벗고 춤사위를 돋고 있는 여인처럼 신비롭다. 그 보리밭 곁 무덤에서 한 여인이 뭔가를 하고 있었다. 다가가서 물었다.

무덤에 제초제를 뿌리고 있다는 허00님 49세, 뒤의 나란한 무덤은 시부모님 무덤이며, 앞 무덤은 친정아버지 무덤이라고 했다. 사돈끼리 사이좋은 묘지, 00님의 선한마음이 어디로부터 온 것인지 알 것 같았다. 사탕을 건네며 사진을 찍어도 되냐고 물었더니 수줍음 담은 미소로 기꺼이 응해 주었다. 멀리 보이는 두륜산도 편안하게 웃는 것 같았다.

발은 절룩여도 맘은 날아가고 있다. 걷는 다는 건 찬찬히 볼 수 있다는 것이니 그동안 빨라서 보지 못했던 것들이 한 눈에 들어왔다.

대흥사는 하도 여러 번 간 곳이라 두륜산 정상을 오르는 케이블카에 몸을 실었다. 8분에 638m를 오른다는 안내가 친절하다. 산 아래는 산벚꽃으로 화장을 시작했고 어린남매와 가족여행을 온 부부는 아이들에게 연신 조심하라는 말만 하다가 정상에 도착하고 말았다.

산 아래에서 늦은 점심을 먹고 온 길을 되짚어 걸어 북일면 방향으로 발을 옮겼다.

목적지가 정해진 발끝은 싱그럽다. 북일면 산자락에 자리한 '설아 다원'이 내가 가려는 곳이기 때문이다.

여성 소리꾼이 운영하는 '설아 다원'은 4월의 차를 잔뜩 머금고 있었다.

길에서 만난 사람 5

나OO, 47세, 판소리꾼, 23세에 결혼하여 딸 둘을 두었다. 21년 전 북일면 현지에 15,000평 땅을 매입 후 자연 녹차밭을 조성하고 펜션과 우리 음악, 차가 어우러진 다원을 운영하는 멋진 집이었다. 초면은 아니나 통성명이 없었던 차에 피정을 통해 소통할 수 있었다. 부부가 서로 경어를 쓰는 모습이 마치 갓 덖어낸 차처럼 싱그러웠다.

가는 날이 장날인가? 마침 곡우를 앞두고 있어서 차 중의 차라는 우전차를 덖어 만들고 있었고 주인장의 구성진 소리와 어우러진 우전차는 가히 일품이었다.

'시방 방(房)'이라는 곳에서 잠을 잤다. '시방'이란 전라도 사투리로 '금방, 이제, 바로' 라는 의미의 구들장 방이고 변기 밑에 통을 놓고 대소변을 본 후 왕겨로 덮어 거름으로 사용하는 친환경 방이었다.

족히 34km를 걸었어도 부러울 것이 없는 밤, 차밭으로 별이 떨어졌다. 수줍던 날씨가 환히 갠 탓에 차나무로 떨어져 이슬이 되려는 유성도 보았다.

셋째 날

06시 10분에 짐을 챙겨 일찍 길을 나섰다. 갈 길도 멀고 아침을 먹으면 늦어질까 염려가 됐기 때문에 조용히 나서려는데, 유기견 '달님'이가 얼마나 짖던 지 주인장이 나와 사진 한 장만 찍자며 휴대폰을 들이민다. 게다가 만나려던 미황사 큰스님과 함께 마시라며 금방 덖은 차를 선물로 주었다.

북일-삼성마을-금당마을-만수마을을 거쳐 북평면으로 접어들었다. 다니는 차는 거의 없어 안전했지만 아스팔트길이라 물집이 잡힌 발로 걷기엔 편하지 않았다. 우리 산하도 어디나 아스팔트길이 되었으니 편리에 빼앗긴 정취로 섭섭했다.

길도 멀어 자주 쉬게 되는데 쉰다는 건 누군가를 만난다는 것이니 자주 쉴수록 정이 쌓임을 기억해야 할 것이다.

쉬다가 여든 넘은 누님(?) 두 분을 만났다.

길에서 만난 사람 6

북평면 오산마을 나이든 누님들.
좌- 윤00, 89세, 딸만 싯, 모두 서울 거주
우- 김00, 83세, 고추만 닛, 두 분 사돈지간.
정거장에서 버스를 기다리는데 더디 오는 버스 탓에 콜택시를 타기로 결정하여 택시를 기다리는 중이라고 하셨다. 택시비가 얼마냐고 여쭸더니 3,000원 이라신다. 택시비를 낼 테니 면소재지까지 같이 가도 되냐고 했더니 절대 안 된다고 하시면서 가위바위보를 하자고 제안하셨다. 내가 졌다. 택시비를 내려니 1000원만 내라신다.

천원 내고 남창까지 누님들과 왔다. 그런데 타자마자 내렸다. 내 걸음으론 지척인데 님들 걸음으론 만 리 길이겠다 싶으니 마음이 싸했다.

버스 정류장에 놔둔 보행 차(?)는 님들 올 때까지 도로를 내다보며 주인을 하염없이 기다릴 것이다.

길에서 만난 사람 7

남창면에서 보건소에 들러 일회용 반창고를 네 개를 얻어 발에 붙이고는 월송리 방향으로 난 아스팔트길을 타박타박 걷는데, Coffee shop이라고 써진 글씨에 눈이 번쩍 떠졌다. 하지만 문은 굳게 닫혀 있었다. 실망은 힘을 팔리게 하는 법 베낭의 무게가 더욱 크게 느껴지려는 순간 '미황사 천년숲길'이라

는 글씨가 보였다. 가
고자 하는 마음은 앞
섰으나 몸이 따라주
질 않았다. 대신 이른
시간임에도 미용실
네온에 이끌려 문을
두드렸다.

"천년숲길로 미황
사를 가는 건 멀고
험합니다. 커피라도
하고 가실래요?"

이보다 반가운 말
이 또 있을까 싶었다.
천근같은 배낭을 벗
고 연륜이 묻어나는 소파에 앉았다. 이른 시간임에도 네 명의
손님이 있었고 난 다섯 번째 손님이었다. 머리를 끝내주게 잘
한다는 손님들의 말에 "나도 머리를 만질까요?" 했더니 머리
염색을 하던 한 여성이 말을 거든다. "지금 참 좋습니다. 분위
기 있는데요!"

카! 좋다. 분위기 있다는 말에 기분이 좋아지는 걸로 봐서
나는 분명 중년 이상의 나이로 직진중임이 분명하다.

원장- 40 후반 or 50 초반, 염색 손님- 66세, 서울 신림
동에서 남편 은퇴 후 1년 반 전에 귀농함.(친구 고향이어서)

비타민 C와 커피 두 잔을 얻어먹고 이 저러한 이야기를 나
누다 시를 적어 감사의 의미로 읽어드리자 귀농 여인과 주인

장이 "벽에 적어 주세요!" 하며 펜을 집어 주었다.

-에덴 미용실-
모르는 길을 누군가에게 묻는다는 건
새로운 사람을 만나기 위한 하늘의 뜻임을
면소재지 에덴 미용실 문을 열고서야 알게 되었습니다
나를 닮은 이가 또 길을 묻거든
염색 한 번 하고 가라고 말해주세요

한 시간여를 더 걸은 후에야 미황사 입구에 닿았다. 입구에서도 삼십분은 더 걸어야 하는데 부도암에 기거한다는 현공스님 거처는 절집에서 십분은 더 가야 한다고 어느 스님께서 알려주었다.

오르막길을 걷는데 차 한 대가 내려온다. 산길이어서 천천히 가지 않았거나 고개를 들어 그 차를 보지 않았다면 21년 전의 현공스님을 보지 못했을 것이다.

합장을 하니 차가 멈추고 안에서도 합장으로 인사를 했다. 나를 알아보지 못했지만 아무개라고 했더니 탄성과 더불어 정이 뚝뚝 떨어지는 얼굴로 바라보았다. 얼굴로는 몰라봤어도 목소리로 알았다는 현공스님의 말에서 그가 왜 큰스님으로 불리는지 알 것 같았다.

목소리를 기억한다는 말 한 마디로 그동안의 어려움이 말갛게 씻겨 내리는 것 같았다.

설아 다원에서 가져온 차로 21년 만의 해후가 풍성해졌다. 멀리 있었고 그동안 이름 한 번 크게 부르지 않았어도 목소리를 기억하는 사람들이 있다는 건 참 신명나는 일일 것이다.

더 오래 앉아 있을 필요가 없었다. 차 석 잔의 향이면 충분할 터이기에 금방 자리를 털고 일어났다. 마루 밑에서 자던 개 한 마리가 벌떡 일어서서 배웅을 한다. 역시 절집 개였다.

에덴 미용실에서의 뜻하지 않은 휴식과 스님과의 해후로 많이 늦어진 탓에 땅끝까지 산길을 잡아 걷기란 여러모로 무리라는 생각에 미황사까지 찾아와준 분들의 차를 타고 땅끝으로 이동했다.

차를 타고 이동하는 세상은 걸으며 보는 세상과 너무도 달랐다. 보이는 건 없고 그저 스쳐지나가는 것들뿐이니 아는 것도 없고 알 수도 없었다. 역시 걷는다는 건 생각하는 것과 닮아 있다. 조금만 속도를 늦춰도 보이는 것이 많다. 그중에 내가 가장 먼저 보인다. 그래서 걷는다는 건 등굣길과 같다.

땅끝에서 만나자던 01님이 전화를 걸어왔다. 여기까지 와서 노화도를 안 오신다면 섭섭할 것이라는 말에 노화도행 막 배를 타고 노화도로 건너갔다.

노화도에는 사랑하는 사람들 몇 가정과 가슴 후련하게 만드는 바다가 날 기다리고 있었다.

그렇게 36+34+22.9km=92.9km를 걸었다. 자동차로 한 시간 남짓이면 되는 거리를 꼬박 사흘 동안 걸었다.

걸으면서 전봇대 하나 간격으로 함께 하는 사람들의 이름을 부르며 기도했다. 노래도 부르고 춤도 췄다. 비도 맞았고 길가에서 오줌도 쌌다. 이 모든 것이 천천히 산 시간들 때문에 할 수 있는 것들이었다.

무엇보다 사람이 사랑이라는 것을 알게 되었으니 배운 게 많은 시간이었다. 끝에 다다랐을 때 돌아갈 곳이 있다는 것 앞에서는 옷깃마저 여미게 되었다. 길에서 만난 사람들의 얼굴들이 이정표처럼 다가선 피정 길이었기에 참 감사하다.

길에서 만난 사람들로부터 예수를 보았다고 하면 엉뚱할까? 공자도 부처도 보았다고 하면 미쳤다고 할까? 길에서 만난 사람들이 사랑이라는 것과 사랑이 사람이라면 안 되는 걸까?

참 좋다! 속도를 늦추면 아름다워지는 세상이라는 걸 말하고 싶어서 안날이 난 걷기 피정이었다.

여름이 참 좋다

"올 여름은 덥지 않고 잘 넘어가는데…"

주변 사람들로부터 자주 듣던 말이었고 나도 그렇게 말했다. 그런데 늦도록 이어진 장마가 끝나니 하늘이 달궈진 화덕처럼 변했다. 더워도 너무 덥다는 말이 사람들의 입에서 떠나질 않는다. 하지만 난 여름이 참 좋다. 겨울에 비하면 정말 참 좋다.

30년 전 난 서울 달동네의 가난한 사람들과 얼마동안 살았다. 그곳에서 상대적 가난이 아닌 절대적 가난을 만났고 가난한 사람들의 일상도 보았다.

열심히 살려고 해도 살 수 없도록 만드는 세상의 구조 속에 늘 허덕이는 사람들이었다. 하루의 밥을 얻기 위해 나갔다가 술 배만 채우고 가파른 길을 오르는 사람들, 그 길을 오르다 비슷한 사람들을 만나서 술로 화를 삼키던 사람들이었다.

그들은 비탈진 겨울 길을 오르다 목숨을 잃기도 하고 애도하러 모인 사람들은 또 술을 마시다 같은 신세가 되곤 했다.

겨울은 길기도 길고 배는 왜 자주 고픈지… 그래서 난 겨울을 싫어하기로 마음먹었다. 반면에 좋아하기로 한 계절이 여름이었다.

술주정과 세간살이 부서지는 소리 외에는 침묵하는 절대적 가난의 겨울동네도 꼭대기 집부터 아랫동네에 이르기까지 골목마다 와자한 소리들이 들려오는 여름은 매일 매일이 잔치 같았다. 일을 못 구해 빈손으로 돌아와도 해가 터덕거리며 넘어가는 중이니 혼자가 아니라는 생각에 위로가 되고 술에 취해 비틀대도 계단을 오르는 누군가가 있으니 외롭지 않고 길바닥에 쓰러져 잠이 들어도 최소한 얼어 죽을 일은 없으니 여름은 참 좋았다.

"어이, 젊은 친구! 이리와 한 잔 하고 가." 하고 부르는 소리도 여름에는 골목마다 넘쳐난다.

"하느님, 이 동네 이 사람들에게는 여름만 있으면 안 될까요?"라고 기도한 적도 있었다.

그런 내가 요즘 들어 여름이 덥다고 말한다는 건 두 가지 이유 때문이다. 하나는 나이가 들었다는 것이고 또 하나는 배가 부르다는 것이다.

절대적 가난이 내 안에서 솔솔 빠져나가고 있음을 뜻한다. 거스를 수 없는 사실이니 변명할 수도 없지만 아직도 내게 남아있는 건 젊을 때 세뇌 당한 아픔으로 인해 아직도 겨울보다 여름이 무지무지 좋다는 사실이다.

가슴골에 땀이 흐르고 콧등에 이슬방울이 맺히고 축축 처지는 팔다리가 길가 능수버드나무처럼 되어도 난 여름이 참 좋다.

내가 아직까지 여름이 좋은 이유는, 1. 춥지 않아서 좋다 2. 길이 미끄럽지 않아서 좋다 3. 해가 기니 편의점 파라솔 밑에서 오가는 사람 기웃거려서 좋다 그런데 이 좋은 여름에 불쑥 비집고 들어오는 사람이 없어서 안타깝다. 자기만 바쁘고 남을 바쁘게 하는 사람들이 사라져서 이전 여름보다 덜 좋다.

바다의 귀가(歸家)

'바다'는 내게 첫 반려견으로 온 진돗개이며 지금 열두 살입니다. 아내가 완도의 작은 섬 중학교에 있을 때 출석하던 교회의 목사님께서 분양해 주셨습니다.

아버지에게 목공일을 배우던 진도 삼촌이 서울까지 007 작전처럼 데리고 온 진돗개의 추억이 내겐 그림처럼 남아 있어서 목화 이불 같던 강아지의 기억은 '바다'를 통해 금방 되살아났습니다. 하지만 바다를 키운 지 3개월 만에 다시 생일도 친정으로 보낼 수밖에 없는 일이 생겼습니다. 교회 이전문제로 인해 바다를 돌볼 형편이 되지 않았기 때문이죠.

교회 이전과 바다와 떨어져 있던 3개월의 시간도 쉽지 않았지만 생일도로 보낸 '바다'를 데리러 가는 길로 인해 지난 시간들의 고단함을 모두 떨쳐낼 수 있었습니다.

이전 후 첫 예배를 드리고 난 월요일 이른 아침, 완도 약산 당목항으로 차를 몰았습니다. 생일도는 당목항에서 철부도선을 타고 40여분을 더 들어가야 하는 먼 섬입니다. 섬까지 들어갔다 나올 시간이 허락되지 않아 바다를 3개월 동안 맡아주신 목사님께 '바다'를 배에 태워 당목 항까지만 보내달라고 부탁 말씀을 드렸습니다.

한 시간쯤 일찍 도착했어도 바다(海)의 풍요로움과 파도의 싱그러움조차 느낄 여유가 내겐 없었죠. 내 안에는 오직 '바다'(犬)로 가득 차 있었기 때문이며 보호자도 없이 혼자 배를 타고 올 '바다'(犬) 걱정에 마음이 조급했기 때문입니다.

내가 서너 살 때, 어머니는 손위 누이와 나를 집에 두고 한동안 집을 비우신 적이 있었던가 봅니다. 그런데 막내인 나는 매일 기찻길에 나가 울면서 "기차는 오는데 엄마는 왜 안와" 하며 울었나 봅니다. 이웃집 아주머니께 내 모습을 전해들은 어머니는 그 때 일로 가슴에 못이 박히셨던지 두 번 다시 자식이 어미를 기다리게 하지 않겠다고 다짐하셨다는 말씀을 자주 하셨습니다.

비록 사람이 아닌 짐승이지만 난 바다를 기다리면서 어머니의 마음을 조금은 이해할 것 같았습니다. 의자에 엉덩이를 붙이지 못하고 서성대는 순간, 바다를 태운 배가 다시마 양식장 사이를 헤집고 들어오고 들려졌던 뱃머리가 천천히 내려지자 제일 먼저 뱃머리 기둥 한 쪽에 매어 있던 바다가 그림처럼 내 눈에 들어왔습니다. 나는 배가 정박하기도 전에 앞으로 달려가 바다를 큰 소리로 불렀습니다. "바다야, 바다야!"

젖을 막 떼고 내게 와서 약 3개월을 살다가 친정으로 다시 보내져서 그만큼을 더 산 바다가 나를 알아볼 수 있을까 염려되면서도 마치 놀이공원에서 잃은 자식을 찾는 애비처럼 큰 소리로 바다를 불렀습니다. 하지만 내 생각은 그저 기우였을 뿐입니다. 바다는 나의 목소리를 금방 알아듣고는 선원이 잡고 있던 줄을 놓칠 정도로 힘차게 껑충껑충 뛰어 오르며 배가 항구에 접안도 하기 전에 배에서 뛰어내려 쏜살같이 나에게로 달려오는 겁니다. 아, 정말 감동적인 순간이었습니다.

바다와 나는 그렇게 하나가 되었습니다. 얼굴 전체가 바다의 침이었지만 오히려 눈물인지 침인지 사람들이 알아보지 못해서 좋았습니다.

어느새 중개가 되어버린 바다, 어린 티는 온데간데없는 의젓한 성견이 된 바다였지만 내 목소리와 나를 알아보는 건 강아지 때 바짓가랑이를 물며 따르던 것과 조금도 변하지 않았습니다.

아, 바다(海)보다 더 깊은 바다(犬)의 정(情)이 당목항 파도가 되어 밀려왔습니다.

나는 사람이지만 어쩌면 바다보다 못한 사람일지 모르지만 한번 맺은 정에는 어떤 흔들림도 없는 사람으로 살겠다고 세 시간이 넘는 바다와의 자동차 데이트를 통해 다짐했습니다.

바다는 자동차 멀미에 힘들어 하면서도 몸을 밀착하며 나만을 바라보았습니다. 이젠 떼어놓지 말라는 눈빛을 담고 있는 것 같아 준비해간 육포 하나로 용서를 구했습니다.

지금 바다는 열두 살의 나이로 현관 앞에서 나를 바라보고 있습니다. 아니 길게 누워 여름날의 오수를 즐기고 있습니다.

바다가 내게 준 건 추억이 아니라 사랑이었기에 나는 바다에게 젊음을 주고 싶을 뿐입니다.

2.

Thingking

두 갈래 길

고속도로를 탈 일이 있어서 톨게이트를 벗어나 제 방향으로 접어드는데 고속도로에서 후진하는 차를 만나 가슴을 쓸어내려야만 했습니다. 아마 상 하행선 진입로를 착각했기 때문일 겁니다.

고속도로의 상하행선 입구는 매번 다녀도 헷갈립니다. 입구는 비슷하지만 그 결과는 판이합니다. 극과 극으로 향하는 길, 그것이 나란히 있다는 건 우리 인생과 많이 닮았습니다.

우리 주변에는 고속도로 상하행선 입구와 같거나 비슷한 것이 넘쳐납니다. 그래서 잠깐의 실수로도 완전히 다른 인생을 맛보게 됩니다. 그러니 후진하면 안 되는 길에서도 후진하는 무리수를 두는 경우가 종종 있기 마련이죠.

그러지 않기 위하여 무엇보다 중요한 것은 비슷한 것의 착각으로부터 벗어나는 겁니다.

가짜는 진짜보다 더 화려하고 만족스럽게 보이거나 눈에 확 들어찰 정도의 유혹을 동반합니다.

두 갈래길 앞에 서서 누구나 고민을 하지만 사실 더 커다란 고민은 잘못된 길인 줄 알고서 본래의 길을 가려고 하는데도 출구가 쉽게 보이지 않는다는 겁니다.

가고자 하는 길이 있고 지금 가는 길이 가려던 길이 아니라면 인생의 브레이크에 발을 얹고 속도를 줄여서 자신이 가려고 했던 길로 가려면 어찌해야 하는지를 우선 멈춰 서서 생각하면 좋겠습니다.

비록 더디고 느리더라도 제대로 가야할 길에 내가 서 있는 것만큼 빠르고 제대로 된 길은 없는 법입니다.

늦는 것이 가지 못하는 것보다 나을 경우가 우리가 사는 세상엔 넘쳐납니다. 인생에서 후회한 것들을 돌이켜 보면 늦어서가 아니라 빨라서였다는 것을 알지 않습니까.

두 갈래 길에 서있는 당신에게 묻습니다. 당신은 지금 가야 할 길로 들어섰습니까?

기도 1, 2

1. 편지로 써보는 기도

뜻하지 않은 사람에게서 편지를 받게 된다면 어떨까요?

기쁨보다 궁금함이 더해진다면 둘 사이는 조금 멀어져 있었던 겁니다.

길거리에서 우연히 친구를 만났다면 어떨까요?

반가움보다 서먹함이 자리한다면 덜어낼 가슴속 이야기들이 있다는 뜻입니다.

알고도 행하지 않으면 어떨까요?

젖은 옷 그냥 입고 잠자리에 누운 것 같을 겁니다.

옳은 말인데 받아들이고 싶지 않다면 어떨까요?

그건 분명히 당신에게 소리 없이 찾아든 열등감 때문일 겁니다.

기도하고 싶은데 머뭇거려 진다면 어떨까요?

이루어지면 두렵고 이루어지지 않으면 화가 날까 두렵기 때문입니다.

참 소중한 그대이기에 멀리 있지도 말고 가슴 속 이야기들을 감추지도 말고 알면서도 모른 척 하지 말고 열등감 같은 것은 흐르는 물에 씻어낸 후 기도하라고 말해주고 싶지만 그럴 수 없다면 그대의 이름으로 무릎 꿇고 소중한 그대를 위해 손 모아 기도하고 있다고 편지하고 싶습니다.

2. 내 앞에 난 길

아름다운 꽃이 피어 있거나 탐스러운 과일이 달린 나무 밑에 어김없이 길이 나 있는 이유는 사람들이 그곳으로 저절로 모여들었기 때문입니다.

스치듯 찾아와서 당신이 힘들 때 곁을 서성이는 사람이 있다면 그는 당신을 사랑하는 사람이라는 증거입니다.

나는 이따금 나의 넋두리를 들어 줄 사람을 찾을 때도 있지만 조금 지나면 내 안의 소리를 듣는 기쁨이 더 크다는 것을 깨닫곤 합니다.

당신이 만약 오늘과 내일을 사는데 힘이 들면 내가 누군가를 찾아가고 누군가가 그대에게 찾아와 말 건네는 소란함보다 나를 위해 침묵하는 누군가가 있음을 깨닫게 해달라고 기도하면 좋겠습니다.

똥을 누는 진리

요즘 나를 붙잡고 있는 화두는 '채움과 비움'이다. 내 속에 있는 것이 선(善)과 악(惡), 필요한 것이든 불필요한 것이든 그 어떤 것으로든 채워져 있다는 것은 자기의 성숙함에 결코 도움이 되지 않는다는 것을 느껴가는 중이기 때문이다.

우린 악을 버리고 선을 채우려고 하지만 가득 채워진 선으로 인하여 더 이상 움직이지 못하고 굳어 버리는 순간 그것은 또 다른 독이 되어 나의 삶을 짓밟아 버린다는 것을 알기까지 참 오랜 시간이 걸렸다.

지금껏 난 참 자유스럽게 살아온 성직자였으나 자유스럽다는 것에 의해 나도 모르게 어느새 굳어진 존재가 되어서 자유로움이 오히려 내게 올가미를 씌워버렸다는 것을 깨닫는 중이다.

가깝게 지내는 분으로부터 누군가를 소개받는 자리에서 그가 이렇게 말했다.

"이 목사님은 정말 자유로우신 분입니다. 거칠 것이 없으시지요…" 난 이 말을 듣는 순간 쇠망치로 정수리를 가격 당한 것 같은 충격을 받았다. 처음 듣는 말이 아니었음에도 그토록 충격으로 다가왔던 것일까?

자유로움도 채워진 상태로만 지속되면 돌처럼 굳어가는 것을 알아가기 시작했기 때문일 것이다.

모든 것이 채워진 사람은 기쁘지도 않고 슬프지도 않으며 행복하지도 않다. 즉 비움 없이 자유를 거론하는 건 어리석은 자의 허세에 불과하기 때문이다.

나를 조금이라도 비워두지 않으면 뭐든 들어설 자리가 없는 건 당연한 것인데 사람들은 선하고 아름다운 것이라면 채워도 괜찮다고 생각하는 어리석음 앞에서 끝도 없이 자유 하고자 한다.

함께해서 안 되는 것들 앞에서의 자유로움은, 포용과 이해라는 이름보다 구별과 원칙이 더 자유로운 존재로 살게 하는 첫 계단이 된다는 것을 놓쳐서는 안 된다.

신앙은 채워가려는 인간을 말하는 것이 아니라 비우려는 인간의 모습을 제시하는 것임을 깨달아야 한다. 그런데 가난한 교회는 있어도 가난해지려는 교회는 찾기 힘들고, 채우려는 구도자들은 넘쳐나도 비워야 채울 수 있는 것임을 말하는 구도자는 만나기 어렵다.

역설처럼 들릴지라도 교회는 점점 늘어 가는데 교회는 사라지고, 신자는 많아져도 믿는 자는 줄어드는 것이 지금 우리들 주변의 이야기이다.

비우는 일에 무관심한 종교가 넘쳐난다는 건 차라리 없는 것보다 못하다는 사실 앞에서 경계를 풀지 말아야 할 것이다. 비움의 문제는 예수라는 사내가 우리들에게 사람답게 살라고 가르쳐준 막다른 골목과도 같기에 선이든 악이든 내게 필요하거나 필요치 않은 것의 기준을 넘어 모두가 똥이 되는 사건, 똥을 먹고 자란 나무가 그늘을 드리운다는 진리 앞에서 똥을 누는 것과 같은 비움의 일들이 솟구치길 소망한다.

꼿꼿한 고개

독성이 강한 뱀인 코브라나 살모사는 위험이 닥쳤을 때 고개를 바짝 드는 속성이 있답니다. 이런 모습에 대부분의 존재들은 두려움을 느끼지만 실상 두려움에 떨고 있는 것은 고개를 바짝 쳐든 뱀이라는 사실을 아는 것이 중요 합니다.

자기의 내면에 있는 두려움과 공포를 고개를 치켜드는 것으로 감추어 보려는 행동은 뱀뿐만 아니라 사람들도 동일한 속성을 지니고 있습니다.

하루아침에 부자가 된 사람은 옷이나 보석 따위로 지나온 세월의 궁핍했음을 감추거나 보상 받으려 하고, 억눌려 지내던 사람이 권력을 얻으면 더욱더 가혹하게 행동하는 것 따위도 이와 같은 맥락에서 설명될 수 있을 겁니다. 하지만 이런 것들은 모래위에 지은 집과 가뭄에 금방 바닥을 드러내는 웅덩이와 다르지 않습니다.

요즘 우리주변이 매우 시끄럽습니다. 까닭이야 잘 모르겠지만 독을 잔뜩 품고 고개를 쳐든 살모사처럼 살아가는 사람들이 많아진 것 같은 느낌은 털어낼 수 없습니다.

모든 세상의 가치 기준이 돈, 돈, 돈으로 이어지고 귀결되는 것 또한 세상을 이런 분위기로 만드는 공범인 건 분명합니다.

물질이 세상을 지배하게 되면 우린 정말 소중한 것들을 잃어버리고 말 겁니다. 세상은 실 끊어진 연처럼 허공을 맴돌다가 땅에 곤두박질치고 말겠지요.

난 설교로 세상의 풍조를 경계하고 인간의 본질이 회복되기를 바라는 염원을 담아 보지만, 힘 앞에서 맥없이 거꾸러지는 말씀들을 대할 때마다 힘이 빠집니다. 그래서 힘없는 사람들에게는 고개를 숙이고 정의롭지 못한 이들에게는 고개를 꼿꼿하게 세우는 사람들이 그립습니다.

힘은 정의로운 일에 긴요하게 쓰이기도 하지만 결코 정의로운 것은 아닙니다. 힘은 간혹 가난하고 빼앗긴 사람들에게 웃음과 희망이 되기도 하지만 결코 세상의 주체가 되어서는 안 됩니다.

힘은 대부분 돈과 권력의 가면으로 나타나고 생명도 없는 것이 생명주체인 사람을 좌지우지하는 힘은 분명한 악입니다. 그래서 힘이 정의라고 하는 세력들에게 고개를 숙이는 일은 결코 일어나서는 안 됩니다. 정작 우리가 고개를 숙여야 할 것은 힘에 휘둘리지 않으려고 빵 한 덩어리뿐이어도 황금의 유혹을 물리친 사람들입니다.

살기 힘듭니다. 그래도 힘들게 하는 그것들에게 고개를 숙이지 않았으면 좋겠습니다. 힘으로 만들어진 것들은 모두 금방 사라질 허상이나 신기루라는 것에 나의 명예를 걸겠습니다.

우리가 고개를 숙여야 할 곳, 그때 그것들에게 고개를 숙이기 위해 지금은 꼿꼿한 고개로 남겨두겠습니다.

아장아장, 2분 30초

1. 아장아장

차가 신호 대기에 걸렸습니다. 가을빛이라도 다 같은 가을빛이 아니라는 생각은 차창을 통해 들어오는 가을빛 때문입니다.

나는 지금 주변에 머물고 있는 가을 얼굴을 차창을 통해 다가서는 가을빛으로 바라보고 있습니다.

오른쪽으로 다가오는 가을빛을 좇다가 소아과 병원에서 나오던 사내아이가 아장아장 걷다 넘어지는 것을 보았습니다. 뒤따르던 엄마는 자신이 넘어져 아픈 것 같은 표정과 표정보다 앞선 염려로 아이 곁에 쪼그려 앉습니다. 속사포처럼 쏟아내는 엄마의 언어는 분명 아이를 향한 이유 없는 미안함일 것이고 아이는 엄마의 언어를 귀가 아닌 마음으로 들었을 겁니다.

문득, 아장아장 걷다 넘어진 어린아이가 나라는 생각이 듭니다. 이해에 인색하고 사랑에 선별적이며 주변의 소리를 귀담아 듣지 않는 것이 아장대다 넘어진 눈앞의 아이와 많이 다르지 않다는 생각이 들었기 때문입니다.

자동차를 운전 할 만큼 성장한 아이는 핸들이 십자가라도 되는 듯 부여잡고 아장대는 것으로부터 벗어나 한층 성숙한 존재로 살겠다는 다짐을 가을빛에 담아 날려봅니다.

차창 속 가을 햇살이 "그만하면 됐어!"라고 말하는 사이에 신호등은 나를 향해 얼른 가라고 재촉합니다.

2. 2분 30초

한국 부부들의 대화 시간이 하루 평균 2분 30초라는 기사를 보았습니다. 2분 30초 동안 도대체 무슨 이야기를 나눌 수 있을지 궁금하면서도 2분 30초 안에 내가 포함된 건 아닐까 하는 불안함이 스쳐갑니다.

2분 30초의 대화에 들어있는 사랑은 어떤 사랑이며 그 시간에 무엇을 공유할 수 있을까요? 오늘 하루 어찌 살았느냐고 물어볼 시간은 되는 걸까요?

하루 24시간, 1,440분 동안에 고작 2분 30초의 대화라는 건 너무 황당합니다.

이혼한 부부 중 70% 가까운 사람들이 이혼 사유를 성격 차이를 꼽는다는데, 2분 30초만의 대화로 각자의 성격을 파악할 수 있다니 실로 놀라운 예지력(豫知力)이라 아니할 수 없습니다. 대화시간이 짧아서 이혼하는 것인지, 이혼하려고 대화가 짧아지는 것인지 알 수 없어도 입으로만 하는 것이 대화는 아닐 겁니다.

같은 취미를 갖거나 동일한 생각의 틀을 유지하고 서로가 서로의 마음을 배려하고 이해하려는 모든 삶의 노력 또한 대화라 할 것입니다. 하지만 이런 것들조차 대화의 기본인 서로 마주보기가 이루어지지 않으면 아무 의미가 없다는 것 앞에서 2분 30초는 선뜻 이해가 **되**지 않는 시간입니다.

같은 동네에 살아 가벼운 목례를 하며 지내는 부부가 있습니다. 해거름 빛이 예쁜 시간이면 부부가 늘 손을 잡고 동네를 산책합니다. 하루는 앞서가는 부부 뒤에 서게 되었습니다. 좀처럼 뒤를 돌아보지 않으니 나와 목례할 일도 생기지 않았지만 부부의 뒷모습이 앞모습보다 아름다울 수 있다는 것을 가르쳐준 부부여서 더욱 그렇게 느꼈나 봅니다.

앞선 부부에게 2분 30초의 통계를 적용하는 건 의미 없어 보입니다. 오늘따라 퇴근이 늦은 아내를 기다리는 마음이 조급한 건 아내의 손을 잡고 뒷모습이 아름다운 부부를 따라 걷고 싶은 일방적인 욕심 때문입니다.

선물, 눈물, 빗물

折梅逢驛使(절매봉역사)
寄與嶺頭人(기여영두인)
江南無所有(강남무소유)
聊贈一枝春(료증일지춘)

"매화나무 가지를 꺾다가 역부를 만나 몇 가지 묶어서 멀리 계신 그대에게 보냅니다. 강남에 살며 가진 것이 없어 겨우 봄꽃 하나를 보내드립니다."

이 시는 중국 오나라 사람 '역개'가 멀리 있는 자신의 친구 '범엽'에게 매화를 보내며 같이 적어 보냈다는 시의 전문(全文)입니다.

이 시에서 우정이 얼마나 아름답고 소중한가를 느낄 수 있어서 행복합니다. 친구란 매화나무를 꺾다가도 생각이 나고 매화나무가 너무 좋아 혼자 보는 것조차 죄스러워 하며 가다가 시들 것을 알면서도 봄꽃이라는 이름으로 매화를 보내는 친구의 마음이 고스란히 전해져서 가슴을 때립니다.

어찌 매화가 자기가 있는 곳에만 피겠습니까. 겨우 봄꽃 하나를 보내지만 보내는 순간의 떨림까지 담아 보내려는 친구의 마음이 진정 봄꽃이 아니겠습니까.

친구를 향한 사랑이 조바심으로까지 이어진 이 시를 읽으며 나 또한 내 사랑하는 벗, 내 사람들에게 '역개'의 마음이 되어 달려가는 중입니다.

예수는 갈릴리 호수에서 그물을 깁고 있던 사람들에게 "사람 낚는 어부가 되게 해 주겠다" 하셨습니다. 이 말에서 끄집어내야 할 건 사람에게 진정 필요한 것은 '사람'이라는 가르침입니다.

참된 기쁨은 혼자 있을 때 느끼는 것으로는 부족합니다. 혼자 먹는 밥은 황후의 찬이어도 별 볼일 없고 혼자 웃는 건 웃음이라기보다 바람에 흩어지는 연기와 같습니다.

사람에게 사람의 빈자리는 상처로 다가옵니다. 아무리 사소한 것일지라도 사랑이 담긴 무언가는 감동을 낳고, 감동은 눈물을 낳고, 눈물은 심각한 전염성으로 인하여 공감을 부른다는 사실을 기억하기 바랍니다.

매화꽃 하나로 이토록 오고 가는 것이 많다는 사실에 살포시 고개를 숙입니다. 숙인 고개 아래로 매화송이를 닮은 물방울이 떨어집니다. 이 물방울이 이어진다면 그건 당신을 향한 나의 마음이라고 믿어주십시오.

역개가 보낸 매화 편지에 그대를 향한 내 마음을 슬쩍 실어 봅니다. 그리고 이 글을 읽는 당신이 내 마음을 받을 친구라는 것을 전하고 싶습니다.

잘못 탄 지하철, 이 선생 파이팅

　지하철을 탔는데 서울을 벗어난 세월이 무척 길었구나 하는 생각이 가장 먼저 들었습니다. 지하철 안내도를 성경책이나 시집처럼 살피고 나서야 목적지로 가는 차에 올랐는데도 두 정거장이나 지나서야 반대편으로 가는 차를 탔다는 것을 눈치챘습니다. '푸홋' 하는 웃음이 입술을 비집고 나옵니다.

　빈자리가 있어도 앉지 못한 채 출입구 위 안내도만 쳐다보던 노인들의 모습이 지금의 나와 중첩되어 들어와 비집고 앉자습니다. 어느새 서울의 발 빠른 이기(利器)와는 한 참 벗어나 있는 사람이 되어 있었고 오래 전 눈과 머리로만 봐온 노인이 차창을 통해 바로 나임을 확인시켜 주었습니다.

　내려서 갈아타야 한다고 이성은 손가락질 하는데 눈은 빈자리를 찾고 발은 그곳으로 쏠렸습니다. 자리에 앉아 눈을 감자 비로소 지하철을 타고 내리는 수많은 사람들의 모습이 눈에 들어오기 시작합니다.

　한 사람은 졸고 또 한사람은 토스트를 먹다가 입가에 묻은 부스러기를 떼어 냅니다. 휴대폰으로 뭔가를 보는 사람 문자를 읽고 보내는 사람 전화를 받은 후 폰뱅킹으로 송금하는 사람 사람들… 순간 과거와 현재, 나와 나를 닮은 군상들이 뒤섞여

지하철을 탄 맛을 느끼게 합니다.

지하철은 한동안 땅속에 머물다가 몸통을 위로 솟구쳐서는 무심하게 흐르는 강물 위를 내달립니다. 지금 어디에 있는지조차 잊게 만드는 괴물 같은 도시에 와 있다는 생각에 내가 누구이고, 무엇을 하고 있고, 어디로 가는지 아는 것만 갖고도 큰 행복이라는 생각이 듭니다.

문득, 초고속으로 달리는 열차의 기관사가 되어 땅 끝까지 달려보고 싶다는 유혹이 당도했습니다. 목적지도 없고 브레이크도 없는 무한궤도의 기관사가 되어서 말입니다.

나는 목적지와 정반대의 장소로 이동하는 중인데도 조급하거나 불안하지 않습니다. 서울에서 산 수많은 시간들과 서울을 벗어났어도 서울과 연결된 많은 일들과 살아온 중에서 지금이 가장 의미 있고 편안한 시간이라는 생각이 들었기 때문입니다.

잘못 탄 지하철 때문에 나는 비로소 가야할 방향으로 가고 있습니다. 언젠가는 지하철에서 내려 반대방향으로 가는 열차에 오르겠지만 지금은 오직 이 선생, 파이팅!뿐입니다.

뿌리 선생

"사람은 아는 것이 적으면 사랑하는 것이 적다"

레오나르도 다빈치가 한 말을 접했습니다. 그림 잘 그리고 과학만 능통한 사람인 줄 알았는데 말도 멋지게 하는 분인 것을 알고는 역시 하나와 소통하면 다른 것과도 연결되는구나 하는 생각을 했습니다.

알아야 사랑도 할 수 있겠다 싶어서 요즘 난 사랑하기 위한 알기에 도전장을 내밀었습니다. 땅을 일구고 작물을 심는 것, 그 중에 무와 배추를 기르는 공부가 그것입니다.

아침저녁으로 물을 주는 것도 보통 공부가 아니라는 사실을 아십니까?

말을 못 하는, 아니 내가 그들의 말을 알아듣지 못하는 탓에 무와 배추를 기르는 것도 여간 신경 쓰이는 일이 아닙니다. 누가 "할일 없으면 농사나 짓지" 한다면 그분의 얼굴에 방독면이라도 씌어드려야 할까봅니다. 어찌됐든 이어지는 공부 덕에 텃밭에는 무와 배추가 실하게 자라고 있습니다. 새벽묵상을 끝내고 그것들을 내려다보는 것도 큰 수양(修養)이 된다는 것을 알았으니 큰 공부의 진전이 아닐 수 없겠죠.

(수양 1) 아, 식물은 뿌리 착생의 과정만 잘 넘기면 시간을 따라 잘 자라는구나.

그런데 왜 사람들은 순간순간 넘어지는 것일까?

아, 뿌리를 깊게 내리지 않아서 그런 것이구나.

(수양 2) 아, 뿌리를 내린 뒤에는 새벽의 이슬만 가지고도 잘 자라는구나.

태양이 따가운 한낮에는 겸손하게 윗잎을 펼쳐 침묵하다가 해의 기운이 줄어드는 시간이 되면 뿌리에 힘을 주어 힘차게 물을 빨아올리는구나.

기다리고 인내하는 것이 몸에 밴 너희들은 말로 가르치지 않는 큰 스승이구나.

그래서 현자(賢者)들이 자연에서 배우라고 한 것이구나.

내 뿌리는 지금 어디쯤 있을까요? 스스로 물을 빨아올릴 정도의 뿌리였으면 좋겠다는 소망이 꿈틀댑니다. 새벽의 이슬만 가지고도 잎을 환하게 열고 사랑하는 사람의 그림자만 가지고도 감사할 줄 아는 그런 뿌리였으면 좋겠습니다.

이 글을 쓰고 있는 지금 반딧불이 한 마리가 창을 타며 살아 있는 자연의 빛을 내고 있습니다. 나는 형설지공(螢雪之功)의 선비가 되어 타임머신을 타고 최소 2백 년 전으로 돌아간 것 같습니다. 이왕 간 김에 그토록 내공이 깊다는 옛 선인들이나 만나고 돌아올까 합니다. 그런데 그분들이 배추밭에 나가서 얻는 것이 더 낫다고 하면 어찌할까요?

꽃이 피면?

　유난히 긴 겨울입니다. 겨울을 무척 싫어하는 사람이라 올 겨울이 더욱 길게 느껴집니다.

　땀 흘려 꿉꿉한 여름보다 겨울이 좋다는 사람들이 의외로 많습니다. 그리고 내게 묻습니다. 겨울이 싫은 이유를… 단지 추운 게 싫다고 말했지만 혈기 넘치는 20대 때, 춥고 배고파서 술로 배를 채우다 얼어 죽은 가난한 사람들과 산 기억 때문이라고 말해 줄 수 없었습니다. 다시 그때의 가슴 아픈 기억을 소환하고 싶지 않아서입니다.

　이른 아침부터 눈발이 날리더니만 오후에 들어서는 모악산이 가깝게 보일 정도로 맑은 햇살이 방안 깊숙이 들어와 내 팔짱을 끼고 마당으로 나가자고 졸라댑니다.

　아내와 뒷마당에 섰습니다. 지난봄에 심어놓은 과실수들을 돌아보다가 지금은 겨울이 아니라 봄이라는 사실을 알게 되었습니다. 문득, "나무는 여름이 아니라 겨울에 자라는 것이다"라고 오래 전에 써놓은 시구도 생각났습니다.

　매화나무는 벌써 질펀하게 물을 머금고 있었고 머금은 물은 꽃이 달릴 자리에 촉촉이 배어 있었습니다. 회색빛 나뭇가지는 붉은 옷으로 갈아입을 준비를 마쳤고 매서운 추위 속에서도 키를 키웠던지 눈 아래에 있던 키를 내 눈높이로 맞추고 의연하게 얼굴을 들고 서 있습니다.

개나리꽃을 피우는 것은?
매화꽃을 피우는 것은?
배꽃, 사과꽃을 피우는 것은?

이 물음에 답할 수 있는 게 배워서가 아니라 보아서 알게 해 줄 날이 얼마 남지 않았네요.

꽃이 피면 내 조바심이 걷어질까요?
꽃이 피면 우리들 게으름이 벗겨질까요?
꽃이 피면 돌아앉은 타인 같은 마음들이 사라질까요?
꽃이 피면 그저 그런 인생에서 광채가 날까요?

언 땅 뚫고 뿌리 내린 나무 같아야 그리할 것을 내 모르는 바 아니지만 그래도 꽃이 피면 모든 것이 꽃이 되길 기대합니다.

쉰 넘긴 유치원생

내 나이는 지금 '무엇을 먹느냐'에서 '누구랑 먹느냐'로 넘어가는 단계입니다.

내 나이는 지금 '무엇을 하느냐'에서 '왜 하느냐'로 옮겨가는 단계입니다.

내 나이는 지금 '짜릿 하냐'에서 '행복하냐'를 묻는 단계입니다.

내 나이는 지금 '좋은 사람이냐'에서 '친구가 되겠어?'를 따지는 시기입니다.

내 나이는 지금 '뭐하는 사람이야'에서 '생각이 어때?'를 묻는 때입니다.

내 나이는 지금 말하는 것보다 듣는 것이 좋은 시기입니다.

내 나이는 지금 대중 앞에서 연설하기보다 혼자 중얼거림으로 흐뭇해 할 때입니다.

내 나이는 지금 따지는 것보다 그냥 모른 척 넘기는 것이 가능한 시기입니다.

내 나이는 지금 누가 칭찬해주는 것보다 감탄할 때 짜릿해지는 시기입니다.

내 나이는 지금 자식보다 아내가 소중하다고 말할 때입니다.

내 나이는 지금 오늘보다 추억에 스르르 눈을 감을 때입니다.

내 나이는 지금 빈속에 소주 한잔을 즐기고 같이 마시는 사람의 넋두리를 즐기는 때입니다.

내 나이는 지금 가끔 위의 것들을 뒤집어 보고 싶어서 안달을 내는 단계입니다.

그래서 지금 내 나이는 청춘(靑春)과 춘정(春情)은 같은 말이라며 우기고, 왔다 갔다를 반복하는 시계추가 익숙하고, 의심과 확신이 별반 중요한 것이 아니라며 핏대를 세우고, 그러다가도 과거나 좋았던 순간으로 돌아가고 싶다는 말을 단호하게 거부하는 갈팡질팡 시기입니다.

그래도 누워 잠든 아내의 얼굴이나 방문을 닫아걸고 자기들끼리 낄낄거리는 자식들만 있어도 행복한 때이며, 버스를 타려고 주머니 속의 동전을 계산하는 시간이 늘어가는 때입니다. 하지만 이 모든 것이 내려놓음의 훈련을 마친 뒤에야 가능한 것임을 알기에 나는 지금, 내 심장을 후벼 파고 도려내서 나를 굴복시키는 단계에 와 있습니다.

내 나이는 지금, 개나리 색 승합차를 기다리는 유치원생입니다. 유치한 세상을 유치하게 살지 않으려는 쉰 넘긴 유치원생입니다.

이런 사람, 저런 사람

공자는 '양화 2장'에서 이렇게 말했다.

"본성(性)은 서로 비슷하나 익히는 것(習)에 의해 서로 멀어지게 된다."

결국 사람마다 제각기 차이를 드러내는 것은 타고난 본성 때문이라기보다는 후천적으로 배우고 익히게 되는 '방향과 배움의 강도(强度)' 때문이라고 본 것이다.

방향과 강도 참 묘한 말이다. 난 방향을 시선이나 세계관 또는 역사관이라 인식한다. 같은 책을 보고 같은 말을 들어도 사람들마다 다르게 이해하고 받아들이는 이유를 딱히 뭐라 꼬집어 말할 수 없지만 살아온 환경의 지배를 무시할 수는 없을 것이다. 그래서 습(習)이란 환경의 지배를 받을 수밖에 없는 자신을 공정함으로 이끄는 기중기 같은 것이다.

세상에는 이런 사람도 있고 저런 사람도 있다. 여기서 이런 저런 이라는 것은 다양함의 표현일 뿐 옳고 그름을 말하는 것이 아니다. 하지만 진리에 다양함을 강요한다면 그 또한 옳지 않다. 진리는 극(極)이며 외로움이기 때문이다. 이런 극과 외로움을 감싸는 유일한 물질이 사랑이다. 즉 사랑이 없는 방향은 폭력이 된다. 자기 것만이 제일이며 나만이 할 수 있다거나 내가 가지고 있어야만 된다는 폭력과 나의 행동은 만인을 위한 것이라는 폭력을 자행하면서도 사랑이라는 말로 포장한다. 이런 포장은 대부분 힘 또는 힘을 가진 자들로부터 발생한다.

우리는 참 긴 시간을 폭력의 피해자로 살면서도 자신이 폭력의 희생자라는 것을 알지 못한다. 마치 도살장에 보내기 위해 잘 먹이는 돼지처럼 잘 살게 해준다는 말 한마디에 수많은 세월동안 당해온 폭력조차 망각하고 있다. 아니 오히려 은혜로 여기며 산다.

이젠 배움의 강도(強度)에 관하여 생각해 보자.

공자는 "선하기만 하고 애써 노력하지 않는 사람은 문(文)이 없는 사람이며 간혹 눈앞에서는 마음에 들기 위해 갖은 교태를 다부리지만 본마음에 문제가 있는 사람은 질(質)이 없는 사람이다"라고 했다.

습(習)은 애써 노력하는 것이라고 공자는 말한다. 애써 노력한다는 것은 배움의 강도를 높이는 것이니 술에 술 탄 듯 물에 물 탄 듯 하는 삶의 모습은 배움을 멀리하는 어리석은 사람이라고 규정한다.

난 내 주변의 사람들이 배움의 방향을 제대로 잡고 배움의 강도를 점차 높여가기를 바란다. 공자는 이것을 열렬함이라고 했다. 열심이 없는 인생, 믿음, 관계는 차지도 덥지도 않은 사람의 인생과도 같으니 그 안에 진심(盡心)이 있을 리 만무하다.

진심(盡心)이 없는 사람에게서 '방향(方向)과 강도(強度)'를 기대하는 어리석음을 범하지 않도록 하자. 내가 누군가에게 진심을 다할 때, 그 누군가는 감동(感動)한다는 것도 기억하자.

　이런 사람 저런 사람이 문제가 아니라 진심을 가볍게 여기는 사람을 내 곁에 있지 않도록 하는 것, 이것이 진심이며 방향과 강도의 배움으로 가는 길일 것이다.

아, 똥도 염색이 되는구나

요즘 나의 아침은 당근 한 개다. 똥은 고운 황토색을 띈 얼굴로 편안하게 누워있었다.

아, 당근에 염색된 똥. 당근에 염색된 똥이 내게 준 가르침은 똥도 염색이 된다는 사실이었다. 내가 무엇을 먹느냐에 따라 똥은 그것에 의해 염색된다. 고기를 먹으면 고기에 염색되고 채소를 먹으면 채소에 염색되는 똥은, 붉은 것을 먹으면 붉게 검은 것을 먹으니 검게 염색되는 건 당연하다. 그렇다면 사랑과 정의를 먹고 똥을 누면 그것들에 염색된 똥을 눌 수 있을까?

내 대답은 거침없는 OK!이다. 그러나 우린 돈과 쾌락을 먹고 쉽고 편한 것을 찾아 먹기를 소원한다. 그러니 돈과 쾌락에 염색된 똥을 누게 되고 그런 사람으로 변해 가는 줄도 모르고 거침없이 먹기를 반복한다.

"이다음에 커서 뭐가 될래?" 누가 내게 묻는다면 거침없이 말할 것이다.

"좋은 똥 싸는 사람이 될래요. 아름다운 똥 싸는 사람이 될래요!"

나이가 들면서 키가 줄었다고 건강검진표는 명확히 말해주는데 이다음에 커서 좋은 똥 아름다운 똥 싸겠다는 내가 우습지만, 지금부터라도 그런 똥을 싸려는 것이 허무맹랑한 욕심은 아님을 증명하고 싶다.

똥도 염색이 된다. 이것은 진리이다. 좋은 똥 싸기 위해 좋은 사람이 되어야겠다. 아무거나 막 처먹지 말고!

남의 세상에 오지 마

아침 밭일을 마치고 땀에 젖은 옷을 갈아입으려는데 청개구리 한 마리 베란다 타일에 납작 엎드려 꿈쩍도 않는다. 온 몸에 먼지를 가득 묻혔으니 피부로 호흡하는 놈이 분명 사경을 헤매는 중일 것이다. 벗다 만 속옷을 한쪽 다리에 걸치고 긴급 구명활동에 들어갔다.

조심스레 온 몸에 달라붙은 먼지를 떼어내니 여리디여린 발가락 사이에 세속의 때들이 잔뜩 묻어 있다. 목엔 먼지로 꼬여서 만들어진 줄이 쇠사슬보다 굳건하게 동여매져 있고 필사적으로 벗어나려고 몸부림친 탓에 눈꺼풀이나 배에도 죽음의 세력들로 가득하다. 아마 먼지를 떼어주는 나의 조심스런 손조차 청개구리는 두려움으로 받아들이고 있을 것이다.

살살 긁어낸다. 청자 빛 속살이 드러난다. 감겨진 눈이 살짝 떠지자 돌출된 눈이 떨며 나를 의심의 눈으로 쳐다본다. 창밖에 내려놓았다. 한동안 미동도 하지 않더니 가을바람이 살짝 건드리고 넘어가자 발이 파르르 떤다. 아, 살았구나!

한쪽 다리에서 덜렁대던 속옷을 벗어 세탁기에 넣은 후 돌아다보니 없다. 아니 있다. 물기 묻은 풀 사이로 얼굴을 들이밀며 앞으로 가려고 발짓을 한다.

놈은 사람 사는 세상이 녹록치 않음을 알았을 것이다. 자신의 세계가 얼마나 청정한지도 느꼈을 것이다. 사람 사는 세상은 도처가 제 목숨을 앗아갈 먼지들뿐이라는 것도 알았으면 좋겠다.

남의 세상에 오지 마라. 네 세상에서 행복하게 살아라. 숨을 크게 쉬어라. 그리고 먼지 많은 이방인들의 세상엔 두 번 다시 오지 마라!

햇빛, 햇볕, 햇살

　햇볕은 해에서 나오는 따뜻한 기운이고, 햇빛은 해에서 나오는 밝은 빛이며, 햇살은 해가 내쏘는 광선입니다. 한 몸에 세 얼굴을 지녔으면서도 그 얼굴이 모두 정의롭고 아름다우니 지나치지 않아서 꼭 닮고 싶습니다.
　햇빛이 따뜻하다가 맞을까요, 햇볕이 따뜻하다가 맞을까요?
　햇볕에 옷을 말린다가 옳을까요, 햇빛에 옷을 말린다가 옳을까요?
　찬란한 아침 햇살에 가슴을 열고 침침한 영혼에 햇빛을 쬐며 언 창으로 스며든 햇볕으로 편지를 읽는 시간, 그렇게 우리는 세 가지 얼굴의 해를 대하며 채움도 열정도 포용도 부드러움도 다시 태어남도 기억했으면 좋겠습니다.
　어제 진 해가 오늘 다시 뜨면 우린 그만큼 산 것이고 그만큼 부드러워졌다는 의미였으면 좋겠습니다. 그러면 우리도 햇빛, 햇볕, 햇살로 살게 되겠지요.

랍비(라보니, rabboni) 면봉

　면봉이 떨어진 것을 알고도 일주일을 그냥 보냈다. 마트에 가서 다른 것은 사면서도 면봉을 사는 건 잊곤 했다. 아침이 되어 면봉을 찾는 아내만 보면 생각이 났다. 하지만 그때뿐 또 다시 면봉을 사는 건 꿈자리 같았다. 목욕탕에서 귀를 후빌 때면 면봉 구입을 기억하지만 목욕탕 계단을 내려오는 순간 면봉 생각은 구름처럼 흩어졌다. 하찮은 것이어서 그럴까?

　작정하고 마트에 들러 면봉이 있는 곳부터 찾았다. 그런데 선뜻 손이 가지 않았다. 한 개에 8원 또는 10원이라고 적힌 글씨 탓이었다. 한 통 200개 입 1,600원, 한 통 200개 입 2,000원이라고 써진 것만 봤을 때는 아무 생각 없이 집어 들었는데 한 개 8원이나 10원이라고 써진 글씨를 보고는 면봉 앞에서 눈만 껌뻑이게 되었다. 그러다가 목욕탕에서 면봉 서너 개를 아무렇지도 않게 사용하여 귀를 파던 모습과 창틈의 먼지를 제거를 하면서도 면봉 서너 개를 아무렇지도 않게 쓰던 기억들이 스쳐갔다. 아, 내가 단지 귀를 후비는데 2-30원을 날린 거였구나. 콧구멍 파고 창틈의 먼지를 제거를 하면서도 그랬구나 하는 생각에까지 이르자 선뜻 면봉을 집어들 수 없었다.

　어디 면봉뿐이겠는가. 면봉을 닮은 것들이 넘쳐나는 세상에서 면봉을 통해 배운 것이 면봉의 금액보다 클 것이라는 자위를 하며 면봉 통을 집어 들었다.

"국산이니 비쌀 거야!" 했지만 돋보기를 끼고 들여다 본 면봉 통엔 분명히 Made in China라고 씌어 있었다.

면봉이 랍비가 되는 순간, 면봉 통에 소롯이 앉아있는 면봉들이 툭툭 불거지며 잘 살라는 말로 귀를 간지럽히는 것 같았다.

다시 찾은 하늘

미국의 저명한 문학가인 '페더'(William Feather)는 그가 알게 된 청년을 통해 도전과 응전의 소중함을 배웠다고 말했습니다.

어느 날 청년은 길에서 100달러짜리 지폐를 주웠습니다. 그후 그는 길바닥만 내려다보고 다니는 습관이 생겼고, 십년 뒤에 그가 얻은 것은 2만9천 개의 핀과 단돈 12달러와 구부정한 어깨뿐이었답니다. 하지만 그가 정작 잃은 것은 찬란한 햇살, 별들의 반짝임, 길에서 스쳐 가는 사람들의 미소, 가로수의 싱싱한 잎사귀, 그리고 푸른 하늘과 세상을 살아가는 맛이었습니다.

젊은이는 100달러짜리 지폐를 길에서 얻은 이후 멀리 보지 않는 습관으로 인해 너무도 많은 것을 잃어버리고 말았습니다. 이것은 자기의 노력과 노동 없이 우연히 맛본 것에 빠져 헤어나오지 못한 결과치고는 엄청난 것이었습니다.

젊다는 건 아직 시작하지 않은 것이 많다는 뜻이기도 합니다. 시작하지 않은 일이 많다는 건 자신이 이루어야 할 것들을 향한 희망과 소망도 많다는 겁니다. 소망과 희망이 많다는 것은 기다릴 줄 아는 것과 참고 견뎌야 할 것들을 위해 준비할 것이 있다는 것을 의미하기도 합니다.

100달러 때문에 하늘을 잃어버린 건 세상 모든 것을 잃어버리는 것과 같았습니다. 우리가 이 청년의 일을 통하여 깨달아야 할 것은 도전하며 살아야 한다는 겁니다. 그리고 도전의 대가로 되돌아올 역경과 시험들로부터 응전할 수 있도록 참고 준비해야 한다는 것입니다.

2만9천 개의 핀과 고작 12달러 때문에 구부정한 어깨를 가질 필요는 없습니다. 몸이 늙어가는 것은 자연의 이치이지만, 늙는 것이 아니라 익어간다고 받아들인다면 청춘의 때는 항상 나와 함께 할 것이기 때문이죠. 그리고 아직도 이루고 싶은 것이 많다면 더더욱 그리하여야 합니다.

한 번 맛을 본 100달러로 인하여 땅만 보는 인생으로 사는 건 젊은 것이 아니라 이미 무덤을 들락날락거리는 것과 같습니다. 자신의 젊음을 주변의 사람들이 알도록 사는 인생이라면, 잃어버린 하늘로부터 다시 찾은 하늘로 살아가도록 익어가는 중임이 분명합니다.

엄마 품, 아빠 논리?

　벼락이 치고 천둥이 울자 어린 아이가 엄마의 품속으로 뛰어 들자 이것을 본 아빠는 아주 자상하게 설명을 해주었습니다.

　벼락과 천둥은 무서운 것이 아니고 오직 자연현상일 뿐이라고 말입니다. 그러나 아이에게 평안과 안심을 준 것은 아버지의 논리적 설명이 아니라 놀라서 뛰어든 엄마의 '품속'이었습니다. 그곳은 엄마를 만질 수 있는 곳이었고 엄마 냄새가 있었기 때문입니다. 아이가 무서움으로부터 벗어날 수 있었던 건 아빠의 논리가 아니라 엄마의 품이었던 것이죠.

　사랑은 이론이나 물질의 전달이 아니라 피부를 통한 사랑, 혹은 몸을 통한 교감으로 옵니다. 내가 타인을 사랑함에도 엄마의 품속처럼 실제적인 평안함이 일어나야 합니다. 그렇다면 내가 살아가는 방식이 엄마 품속인지 아니면 아빠의 논리인가를 먼저 판단해야 할 겁니다. 그런데 이런 판단보다 먼저 앞서야 할 것이 있죠. 그건 내가 천둥이 울고 벼락이 치는 세상 속에 있는지 아니면 모든 것으로부터 차단되고 보호되는 곳에 있는지를 알아야 합니다.

　천둥이 울고 벼락이 치는 곳으로 먼저 갑시다. 그래서 천둥과 번개가 칠 때 내가 누구에게로 가야 하는지를 경험하길 바랍니다. 그래서 엄마 품속과 같은 사람을 만나 함께 걸어가길 응원하겠습니다.

모기의 아침 밥

이른 아침, 부자간에 산을 오르는 모습이 신선하게 들어옵니다. 다섯 살쯤 되어 보이는 아이의 뒷모습이 너무도 앙증맞아 기분까지 좋아집니다. 꼭 밥그릇을 엎어놓은 것 같은 엉덩이가 씰룩대는 것을 보며 뒤를 따르니 나도 모르게 내 엉덩이를 슬쩍 만지게 됩니다.

내 엉덩이는 큰바가지를 닮았습니다. 푸 하고 바람 빠지는 소리가 입에서 납니다.

아빠의 손을 잡고 가던 아이가 닭똥꼬 같은 입을 조물댑니다.

"아빠, 모기는 왜 아침밥을 이렇게 일찍 먹어?"

모기가 무는 것을 '모기의 아침밥'이라고 표현한 아이의 얼굴을 보고 싶어서 걸음을 재촉하고 스치듯 눈으로 인사를 건넸더니 말하는 것만큼이나 센스까지 장착한 아이는 아침 바람처럼 웃어줍니다. 작은 눈에서 그 아이의 영특함이 묻어나는 것 같았습니다.

모기의 아침밥! 누가 가르쳐 준 표현일까요? 모기가 피를 빤다는 걸 가르쳐 준 것은 분명 어른들일 텐데 어른이 된 순간 그들의 입에서는 더 이상 '모기의 아침밥' 같은 말들은 들려오지 않는 것이 안타까울 뿐입니다.

아이라서 그런 말을 쓸 수 있는 거라고 묻어 버리기에는 어른이 되기 위해서 묵묵히 걸어왔던 시절들이 아깝다고 느껴졌습니다.

난 산을 오르는 내내 '모기의 아침밥'이란 말을 생각하면서 체스 핀을 거실 가득히 어질러 놓은 아이들에게 정리 정돈의 정당성은 말했어도 어지럽게 널린 것들 속에 들어있는 자유함에 대해서는 단 한마디 말도 하지 않았다는 걸 깨닫게 되었습니다.

아내와의 산책 중에도 보조를 맞춰 걷지 못하는 그녀에게 체력 배양의 당위성은 늘어놓으면서도 느릿느릿 걸어야 만 제대로 볼 수 있는 것들에 관해서는 침묵하고 있었음을 기억해 냈습니다.

나는 산에서 내려와 아내가 차려준 참 맛있는 아침 사랑을 먹었습니다. 아침 사랑을 맛있게 차려준 꿋꿋한 동지가 무척 위대하게 보였습니다. 그런데도 손 한번 슬그머니 잡아주지 못한 나를 화장실 거울 속에서 발견하고는 피식 웃고 말았습니다.

늘 내편에게도 하지 못한 말

남을 욕하는 것보다 어려운 것은 칭찬하는 것이고, 남을 벌하는 것보다 어려운 것은 용서하는 것이랍니다.

왜 그럴까 고민해보는 시간입니다.

앞의 것은 그때만 행복하고 뒤의 것은 오래도록 행복하기 때문이라는 결론을 얻었습니다. 꼭 맞는 말이라고 주장할 수는 없지만 지금까지의 경험에 의하면 틀린 말은 아닐 것이라는 생각이 드는군요.

칭찬이나 용서처럼 자신은 물론 다른 사람까지 기분 좋고 행복하게 하는 건 흔하지 않습니다. 그런데 여기에 하나를 더 보태야 할 것이 있다면 아마 '감사'가 아닐까 싶습니다.

'감사합니다.'라고 말하는 사람에게 항상 동반되는 건 미소입니다. 얼굴을 찡그리면서 '감사합니다.'라고 말할 수는 없겠죠. 왜냐면 '감사'란 입이 아니라 가슴에서 솟아나는 언어이기 때문입니다.

감사에는 두 단계가 있다고 합니다. 첫 단계는 감사할 수밖에 없는 조건과 환경 속에서의 감사이며, 둘째 단계는 감사하다고 말할 수 없는 조건 속에서의 감사입니다.

첫 단계는 누구나 할 수 있죠. 하지만 둘째 단계는 그리 녹록하지 않습니다. 쉬운 것을 했을 때보다 어려운 것을 했을 때 행복은 크고 깊어집니다. 그래서 행복은 어려움과 비례하기 마련이죠.

겨울의 나무들을 보세요. 처절하게 자신을 죽이고 꽁꽁 언 겨울 강을 건너려고 잎사귀 하나 남기지 않고 발가벗습니다. 세간의 손가락질도 화려했던 시간들도 돌아보지 않습니다. 그렇게 자신을 비워 죽은 듯 침묵하던 몸뚱이에서 교만하다고 느낄 정도로 파릇한 생명들을 밀어냅니다. 그러니 사람들이 봄의 나무를 찬찬히 들여다보는 것 아니겠습니까.

나이를 먹어가면서 변한 것이 있다면 일상의 언어 속에 감사하다는 말이 자연스러워졌다는 겁니다. 아내에게 건네는 말 안에 감사하다는 언어가 부드럽게 스며있고, 이 부드러움은 지난 시간의 말과 행동에 대한 용서의 당부까지 담겨 있어서 더욱 그렇습니다.

세상에서 아내만큼 감사한 사람을 찾기란 어려울 겁니다. 그런데도 감사하다는 말에 무척 인색하죠. 아니, 안 한다는 말이 더 정확할 겁니다. 이는 당연하다고 여기며 사는 익숙함 때문일 겁니다. 그런데 요즘엔 감사하다는 말을 자주하게 됩니다. 아내는 노화현상의 결과라고 하지만, 그렇게 말하는 아내의 얼굴에서 모과꽃이 달랑거립니다.

아내뿐만 아니라 손을 뻗으면 언제나 닿고 소리를 내면 금방 달려올 사람들에게조차 감사하다는 말에 인색했었다는 것을 깨닫습니다.

어렵고 힘든 것을 행동으로 옮겼을 때, 더 큰 행복이 노크한다는 말이 기억납니다. 그러니 이제부터라도 더 큰 행복을 누리며 살아야 하겠습니다.

진정한 사랑을 당연한 것으로 여기는 폭력 앞에서 나를 떼어놓는 수련으로 감사라는 말을 풍성하게 함으로써 마음을 키워나가야겠습니다.

늘 내편이면서도 감사하다는 말조차 듣지 못했던 모든 분들에게 고개 숙여 감사를 드리는 지금입니다.

행복의 원칙

돈 많으면 행복하시겠습니까?

자식들이 말 잘 듣고 공부 잘하면 행복할까요?

몸이 아프지 않아서 하고 싶은 대로 하고 살면 행복하시겠습니까?

생각한 대로 다 되고 걱정 없이 살게 되면 행복할까요?

아닙니다. 그때 가면 또 무슨 염려라도 생길 겁니다.

지금 당신이 행복하지 않은 것은 돈이 없어서가 아니라 생각이 초라해서입니다.

지금 당신이 행복하지 않은 것은 자식들이 속 썩여서가 아니라 당신 마음대로 자식을 키우려고 하기 때문입니다.

지금 당신이 행복하지 않은 것은 건강치 못해서가 아니라 건강을 핑계로 남을 위해 움직이지 않기 때문입니다.

지금 당신을 바라보세요. 원칙 없이 자식들을 키우고 계시잖아요.

지금 당신을 바라보세요. 누군가에게 한 약속을 기억조차 하지 못하며 살고 있잖아요.

지금 당신을 바라보세요. 당신을 바라보고 있는 사람들의 눈조차 바라보지 못하잖아요.

　가정은 당신의 행복을 제조하는 공장입니다. 일찍 출근한 직원을 반기는 사장처럼, 일찍 일어나 잠든 그대를 깨우는 그 사람을 향해 미소를 지어주세요. 나보다 먼저 손을 내밀고 인사하는 사람에게 마음이 가는 건 봄 다음에 여름, 여름 다음에 가을과 같은 것이니까요.
　함께 사는 사람들과 같은 이야기를 듣는 사람들을 존중하세요. 그들이 나를 위해 죽을 수 있는 사람들임을 기억하고 있다면 말입니다.

　행복하시려면 원칙을 지키세요.
　행복하시려면 내가 얻고 싶은 데로 남에게 다가가세요.
　행복은 지금 당신 곁에서 당신의 이야기를 들어주는 사람이 많다는 것과 내게 뭔가를 주는 사람보다 내가 뭔가를 줄 사람이 많은 겁니다. 그러니 먼저 그 사람들에게 가까이 가서 물어보세요. 나 행복해도 돼요?라고 말입니다.

사막이 주는 깨달음, 산이 앗아가는 깨달음

스티브 도나휴가 쓴 "사막을 건너는 여섯 가지 방법"이란 책을 읽었다. 저자는 인생의 방황기를 사하라 사막을 건너며 회복했고, 난 도나휴의 글을 읽으며 난생 처음 사막을 걷는 체험을 했다.

> "나는 지도를 보면서 하룻밤을 꼬박 새웠다.
> 하지만 다 소용없는 일이었다.
> 내가 어디에 있는지 알 수 없었으므로."
> (생텍쥐페리, '사막의 죄수' 중에서)

내 인생의 작은 목표 가운데 하나는 42.195km의 정규 마라톤 코스를 뛰어 보는 것이다. 그런데 위의 책을 읽고 한 가지가 더 추가했는데, 사막을 하루 동안 만이라도 걸어보는 것이다. 에베레스트를 다녀온 사람을 만나면 사람들이 꼭 하는 질문이 있다고 한다.

> "에베레스트 산 꼭대기는 크기가 얼마나 됩니까?"
> "작은 식탁만 합니다."

참 맥 빠지는 대답인 것 같지만, 질문을 받는 사람은 질문에
더욱 맥이 빠진다고 할 것이다. 아마 질문 뒤에 있을 "그것밖
에 안 되는 곳을 왜 그렇게 목숨을 내놓고 가려하십니까?" 하
는 말이 연상되기 때문일지 모르겠다.

　지은이는 책에서 이렇게 이야기 한다. 산은 꼭대기가 있지만
사막은 종착지가 없다. 대부분의 사람들에게 아이를 키우는 일
이 인생에서 가장 보람 있는 일인 것은 사실이지만 거기에는
꼭대기가 따로 없어서 정상에 올라 아래를 내려다보며 "드디
어 해냈다. 이제야 부모 역할을 끝냈다."라고 외칠 수 없는 것
처럼 사막은 목표나 정상을 향해 가는 것이 아니라 삶의 한
과정, 그 자체가 목표라고 인식되어지면 그것이 바로 사막을
건너고 있는 것이라고 말한다.

　"산을 탈 때는 준비여부에 따라 결과가 달라질 수 있지만
사막은 다르다. 경험이나 준비의 여부는 인생이라고 하는 사막
을 건너는 데 있어서 꼭 성공을 보장해 주지는 못한다. 이처럼
인생이 불확실해 보이고 앞을 내다볼 수 없을 때, 계획과 경험
이 그다지 도움이 되지 않을 때 우리는 사막에 있는 것이다."
라는 저자의 글에서 난 내가 지금 중심에 놓고 있는 것들이
산을 오르기 위한 것들이 아니라 사막을 걷는 사람의 마음으
로 받아들여야겠다는 깨달음을 얻게 되었다. 물론 밥상만한 산
의 정상을 향해 오르려는 사람들의 마음도 이해할 것 같으니
양수겸장(兩手兼將)인 셈이다.

　인생이 사막 같을 때가 여러 번 있었다. 가장 가까운 사람들
이라고 여기며 산 사람들로부터 당하는 등 돌림이 첫째요, 주
변사람들로부터 등 돌림 당함이 둘째요, 사람들로부터 등 돌림

당함이 셋째이니, 결국 사람들로부터 인생의 사막을 경험했다 할 것이다. 그런데 위의 저자는 인생의 방황기를 사막을 걸으며 극복했다 하니 결국 나도 사람을 통해서 사막 같은 인생을 극복할 것이라고 믿는다.

작은 식탁만한 정상에 서야 잴 수 없는 세상을 바라볼 수 있는 것처럼, 사막을 걸으며 인생 속에서 만나는 사람의 소중함을 만나길 소망한다.

시래기가 고(告)함

지난가을 처마 밑에 시래기를 매달아 놓았습니다. 어느 집이나 할 것 없이 처마 밑에 매달려있던 시래기가 지금은 부지런한 사람의 집에서나 볼 수 있는 풍경이 된 것이 사실이고, 나름 성공적이었던 무 농사 덕분에 운치 있는 처마 풍경을 연출할 수 있었습니다.

시래기 죽, 시래기 밥, 시래기 국을 늘 먹던 시절과는 다르게 지금은 별미로 시래기를 먹는 시대인지라 시래기는 귀한 대접을 받는 농작물이 되었죠.

설 연휴 TV에서 시래기만을 얻으려고 재배하는 무의 슬픈 인생 이야기를 보았습니다. 무청만 거두고 무는 버려지는 그림 속에서 뽑히지도 못하고 머리만 깎인 후 언 땅에 묻혀 겨울을 건너야 하는 무를 보면서 마치 돈이면 무엇이든 괜찮다는 자본주의 논리가 시래기에도 적용되는 것 같아 맘이 편치 않았습니다.

내가 시래기를 좋아하게 된 건 배가 나온 뒤나 밀려드는 건강 이야기에 귀가 얇아질 즈음입니다.

시래기에 과일보다 많은 비타민과 철분이 들어있으며 장의 활성화를 도와 변비에 특효이고 성인병을 예방하는 좋은 성분이 들어있다고 떠벌이는 사람들과 먹방의 여파가 한몫했음은 분명합니다. 그러나 아무리 시래기가 무보다 비싼 값에 팔리고 사람들이 즐겨 찾는다 하여도 무가 있어야 시래기가 있다는 평범한 사실만은 잊지 않기를 바랍니다.

서울 강남에 사는 중1 학생이 미국 CNN 방송을 듣고 영어 원서를 읽는 수준인데도 기말고사에서 형편없는 영어 점수를 받았다는 이야기를 주변사람에게서 들었습니다. 이유를 물으니 시험이 너무 쉽게 나와서 그랬다는 것과 원서 독해가 아니라 문법이 나와서 틀렸다는 것이 부연설명이었습니다.

시래기를 얻기 위해 무를 키우고 무청을 얻고 나서 무를 갈아엎는 모습과 너무도 겹쳐 보여서 편하게 웃지 못했습니다. 참이 거짓에 에둘리고 본질이 비본질에 농락당하는 것 같아서 마음이 편하지 않다고 말한다면 시래기 하나에 무슨 그토록 거창함을 담느냐고 혹자는 말할지 모르지만, 무 다음이 시래기라고 말하는 것에는 주저하지 않을 작정입니다.

이렇게 가다보면 어느 날, 무청 없는 무와 무 없는 무청이 세상을 누비며 다니는 건 아닐까요?

개봉박두! 좀비가 된 무와 무청. 기대하시라!

목줄과 울타리 사이에서

난 다섯 마리의 개를 키우고 있다. 그중 서열 2위인 '하늘이'가 열 살이란 늦은 나이에 아기를 가졌다. 뒤뜰에 매어놓은 탓에 암내를 맡고 찾아오는 놈들로부터 '하늘이'를 구하고자(?) 군대 이후로 처음 경계 근무를 섰음에도 놈들은 그런 나를 비웃기라도 하듯 하늘이의 배는 점점 불러왔다.

난 스스로 위로하기 시작했다. "열 보초 한 도둑 못 막는다." "아이 아빠가 멋지게 생겼으니 2세 또한 명견이 될 것이다."

노산인 탓에 힘들게 새끼를 낳은 '하늘이'는 꼬박 하루의 진통으로 세 마리를 먼저 낳았고, 이틀 후에는 사산된 아이 하나와 그 뒤를 이어 약하디약한 한 마리를 더 낳았다.

탯줄을 끊을 힘도 없어 보이는 '하늘이'를 도와 사산으로 탯줄을 막고 있어서 밖으로 나오지 못하고 있던 한 아이의 고통이 나를 에워쌌다.

젖을 먹이지 않는 어미를 바라보는 건 엄청난 고통이다. 그러나 하늘의 뜻인지 하늘이보다 이틀 전에 새끼를 낳은 애완견 '톡톡이'가 있어서 아이를 '톡톡이'의 품에 데려다 주었더니 금방 젖을 빨려고 발과 손을 버둥거린다. 다행히 '톡톡이'도 별거부감 없이 편안하게 젖을 먹었다. 생명을 가진 존재와 엄마라는 증명이 필요 없는 끈 사이에서 평화는 그렇게 소통하고 있었다. 하지만 젖이 부족한 '톡톡이'와 젖이 넘쳐 젖멍울로 힘들어하는 하늘이 때문에 다른 고민이 생겼다.

'톡톡이' 새끼 중에 가장 먹성이 좋은 아이를 '하늘이'에게 데려다 놓자 몇 번 코로 똥구멍을 들추던 '하늘이'는 이내 젖꼭지를 그 아이에게 내주었다.

교차 양육, 현관과 뒤뜰에 평화로움이 찾아든 순간이었다. 자기 새끼라는 기준보다 생명이라는 기준을 앞세우는 놈들에게서 정말 큰 것을 배우는 순간이었다.

6주 후부터 시작된 아이들의 분양에 '톡톡이' 아이들은 순조로웠지만, '하늘이'는 그렇지 않았다. 순탄치 못한 출산으로 약간의 장애를 가진 '생명이'(생명의 소중함과 신비를 가르쳐 주었다 하여 지어준 이름)와 입양되었다가 파양된 '곰곰이'(힘이 넘쳐 곰을 닮은 것 말고도 곰곰이 생각 좀 하며 살라고 지어준 이름)가 남았다. 누가 외견상 예쁘지 않은 강아지를 데리고 가려 하겠는가.

엄마와 함께 살도록 울타리를 치고는 목줄을 끌러주었다. 세 모녀의 한집 살림은 그렇게 이루어졌고 나의 착각도 그렇게 시작되었다.

목줄만 제거하면 울타리 안에서 맘대로 뛰어 놀며 행복한 삶을 살 것이라는 나의 착각은 무지를 넘어 엄청난 폭력이었음을 며칠이 지나지 않아 금방 알게 되었다. 목줄이 없는 '하늘이'는 맘대로 다니기는 했어도 울타리 안이었고 오히려 목줄보다 자기를 가두고 있는 무언가에 대한 슬픔이 '하늘이'를 더

우울하게 만드는 것 같았다.

'하늘이'는 울타리 앞에서 처량하게 앉아 밖만을 쳐다보다가 두 딸이 귀찮게 하면 같이 놀아주는 척하다가도 이내 울타리 밖만을 응시했다.

맛난 것을 주어도 모두 자식들에게 양보하고 그런 모습이 안타까워 '하늘아!' 하고 이름을 크게라도 부르면 금방 배를 보이며 눕는 굴종의 모습을 보였다.

'하늘이'는 풀린 목줄보다 자기를 가로막고 있는 울타리에 자신을 상실한 날로부터 잘 짖지도 먹지도 놀지도 않았다. 보다 못하여 이전의 집에 다시 묶어주었더니 이제는 울타리 안에 갇힌 두 딸만을 바라보며 낑낑 거린다.

울타리 안의 두 딸과 울타리 밖의 엄마는 그렇게 마주 보이는 곳에 쪼그려 앉아서 낑낑거리며 안타까워했다. 시간이 지나면 괜찮아질 것이라는 주변 사람들의 말조차 귀에 들어오지 않았다. 아니 알고는 있었지만 그러기까지의 시간 앞에서 내가 더 자유롭지 못하다는 것이 문제였다.

목줄만 풀어주면 좋아 할 것이라는 인간의 무지로 인해 '벽'이라는 엄청난 폭력을 행한 내 자신을 용납하는 시간이 한참 될 것이라는 걸 난 미처 몰랐다.

목줄이 울타리보다 나은지 울타리가 목줄보다 자유로운지에 관하여 말하는 건 사치였다. 밖이 보인다고 가둔 것이 아니라고 생각한 무지함의 폭력과 묶인 줄을 풀어주면 좋아할 것이라고 생각한 인간의 단순함으로부터 온 자기중심적 사고와 행동이 얼마나 이기적인 행동이었던가를 '하늘이'와 두 아이는 고스란히 행동으로 보여주었다.

지금 나는 혼란스럽다. 개를 키울 자격 없음에 관하여 숙고하는 중이며 '생명이'와 '곰곰이'는 아직도 울타리 안에서 생활하고 있다.

자신이 힘들게 세상의 빛을 보았음을 아는지 '생명이'는 여전히 엄마 쪽만을 바라보고 낑낑 대다가 울타리 안을 맴돌고 울타리를 벗어나는 건 자신의 능력 밖에 있는 것임을 이미 알았는지 곰곰이는 마른 뼈다귀를 빠는 여유를 보인다.

며칠 새 '하늘이'는 이전으로 돌아간 것처럼 보였지만 간혹 울타리 쪽을 바라보는 것만은 여전하다. 난 울타리를 거둬낼 용기도 없는 손으로 하늘이의 등을 몇 번이고 쓰다듬어주었다.

이 일이 있은 후부터 가끔 목에 손을 대는 버릇이 생겼다. 세상의 보이지 않는 울타리 안에 존재하는 생명들에 관한 생각도 깊어졌다. 이것도 배움이라면 세 모녀가 큰 스승이었음을 부정할 수는 없다.

세상의 모든 목줄과 울타리에 갇힌 생명들을 위해 기도하자. 당연한 것은 존재하지 않는다는 심정으로 기도하자.

3.
Family

공기 연가(空氣 戀歌)

　형제를 완도 소재의 작은 섬에 있는 학교로 전학을 보낸 탓에 토요일에야 만나게 되니 아이들로부터 제일 듣고 싶은 말은 '아빠, 사랑해!'라는 말입니다.

　통화를 끝낼 때쯤 "아빠, 사랑해"라고 하는 아이들에게 "얼마큼 사랑해?"라는 고전적인 질문을 하면 "하늘만큼, 땅만큼"이란 연속극 대사가 돌아올 것이라는 기대를 하고 있던 내게 "으~음, 공기만큼 사랑해"라는 가슴 떨리는 답이 돌아옵니다. 어느새 시인이 되어버린 아이들의 목소리를 들으며 해초 내음이 묻어 날 것 같은 미소로 전화를 끊곤 합니다.

　하늘만큼도 좋고 땅만큼도 좋습니다만 공기만큼이라는 말은 아이들이 지금 곁에 없어도 있는 것 같은 착각에 빠질 정도로 기분이 좋아집니다.

　성서는 하느님께서 우리를 지으시고 당신의 호흡을 우리에게 불어넣어 주셨다고 말합니다. 우리 안에 그 분의 호흡이 담기고 나서 우린 걷게 되었고 사랑하게 되었으며 웃기도 하고 울게도 되었습니다. 호흡은 바람이고 공기이니 하느님의 호흡이야말로 우리를 사랑하시는 당신의 표현방식입니다. 그런데 나의 아이들이 하느님의 호흡을 빌어 "공기만큼 사랑한다."는 말로 나를 감동시킨 겁니다.

공기만큼 사랑한다는 아이들의 말 속에는 멀리 떨어져 있어도 언제나 아빠와 함께 있다는 아이들의 사랑이 담겨있는 것이겠지요.

누가 내게 "나를 얼마나 사랑하세요?"라고 묻는다면 난 "공기만큼 그대를 사랑합니다."라고 말하겠습니다.

사람들에게 당신의 호흡을 불어넣어 주시기까지 사랑하신 하느님만큼 그대들을 사랑한다고 말하는 사람으로 살기를 꿈꾸는 날, 공기마저 맛있는 하루가 될 것입니다.

맬러뮤트와 햄버거

애완견 가게에 들러 강아지들을 보고 있는데 검정과 회색 '맬러뮤트'가 눈에 들어왔습니다. 덩치는 산만한데 개집은 욕조만해서 가슴만 답답해져 돌아왔습니다.

한 마리에 80만 원 한다는 것도 그렇지만 최고급 사료만 먹는다고 하고 먹이 값만 한 달에 15만 원 정도 든다하니 '맬러뮤트'를 사달라는 둘째를 구슬려 토끼 한 쌍으로 거래를 해야 할까 봅니다.

학교 운동장에서 공을 차면 떠오르는 아침 해를 맞힐 수 있는 곳에서의 추억만 가지고도 아이들은 이미 시베리아 벌판을 목줄 없이 달리는 '맬러뮤트'인데 네 발 가진 '맬러뮤트'로까지 추억을 확장시키는 건 다른 아이들과 비교하여 특혜라는 말로 회유하거나 학교 관사 뒤 지천으로 자란 봄풀로 토끼를 키워서 이웃들과 토끼탕이나 배터지게 먹는 것이 어떠냐고 둘째를 꼬드겨 봐야겠습니다. 사람 좋아하는 놈이니까 토끼탕 잔치를 벌이자면 금방 내 잔머리에 넘어올 것이라고 아내에게 말했더니 그 잔머리에 넘어갈 사람은 지구상에 당신 혼자뿐일 거라며 설거지 물 튀는 소리처럼 아내가 혀를 찹니다. 그러고 보니 토끼를 잘 키워서 잡아먹자는 말에 동조할 초등학생이 어디 있겠습니까.

그냥 이렇게 말해야겠습니다. "너무 비싸다, 비싼 밥만 먹는
단다. 추운 데서 사는 개이니 남녘땅에서 키우기엔 부적합하
다."

아내가 설거지를 하며 한 마디 더 거듭니다. "그냥 돈 없어
서 못 사준다고 하세요."

아내는 분명 국어시간에 졸았을 겁니다. 에둘러 하는 말의
진정한 의미를 모르는 것으로 보아 문학적 소양이 거시기 한
것은 분명해 보입니다. 하여간, 난 둘째에게 '맬러뮤트'보다 토
끼가 좋은 이유를 논리적으로 설명할 것입니다. 그러기 위해
소품으로 쓸 초등학생의 최애 간식인 햄버거를 사러 지금 나
가야 합니다.

아버지의 주전자

오래전 아버지의 간식 그릇이었던 두 되 들이 막걸리 주전
자에 물을 팔팔 끓인 뒤 녹차 한 움큼을 집어넣었습니다. 녹차
를 우리는 다도(茶道)에 관하여 그리 문외한은 아니지만 뜯은
지 오래된 녹차라는 생각이 앞서서 다구(茶具)도 아닌 것에 차
우림의 예(禮)를 무시하고 물처럼 마시자는 생각이 앞서다보니
차를 대할 때마다 지켜야 하는 은근함의 미덕을 밀쳐두고 아
버지의 추억이 생생한 두 되 들이 막걸리 주전자에 무개념적
으로 쏟아 붓고 말았습니다.

물이 채 식기도 전에 차를 넣은 것이나 알루미늄 주전자에
한 주먹의 차를 넣은 것도 상식적인 것은 아닌데 주전자에 담
긴 뜨거운 차를 플라스틱 물병에 급히 옮겨 담고는 잠시 볼일
을 보러 나가는 멍청함도 동시에 드러냈습니다.

잠시 아주 잠시였다고 생각했는데 플라스틱 물병은 뜨거운
물에 데고 놀라서 몸통을 피사의 사탑처럼 기울여놓고 밑 부
분은 코르셋으로 조여진 여인의 잘록한 허리가 된 채 15도쯤
고개를 숙여서 제 몸 안에 담긴 녹차 물을 조금씩, 아주 조금
씩 눈물처럼 흘리고 있었습니다.

성급함이 가져다 준 결과였지만 바닥에 눈물처럼 번진 녹차

물의 빛깔은 무지와 성급함에 들뜬 나의 영혼을 가라앉히고도 충분할 만큼 은근하고 신비로웠습니다. 게다가 찌그러진 플라스틱 물병도 세상의 진리를 깨달은 어느 구도자(求道者)의 모습을 닮아 보여서 그다지 밉지 만은 않았습니다.

몸통이 기운만큼 내용물을 온전하게 담을 수는 없겠지만 그래도 내 성급함이 일러 준 배움의 현실이고 가볍게 생각한 것으로 인해 드러난 삶의 모습을 고스란히 보여준다고 생각하니 오히려 깨달은 것도 얻은 것도 많은 행동이었음을 인정하게 되었습니다.

아버지의 두 되 들이 막걸리 주전자가 만들어내는 시큼한 듯 달달한 냄새는 자취를 감추었을지 몰라도 막걸리 대신 차를 통해 아버지와 연결해 보고자 하는 속내까지 부정하고 싶지는 않습니다.

뜨거운 녹차에 의해 변형된 플라스틱 물병, 허리를 쥐어짜니 눈물처럼 바닥에 떨어진 녹차물의 신비한 색깔, 이 모두가 처처에 존재하는 삶의 스승들께서 내게 던지는 가르침의 언어들임을 인정하고 싶을 뿐입니다.

눈물 한 바가지

　월요일을 식물인간처럼 보내고 화요일 이른 새벽부터 이 저러한 일로 방치해둔 서재를 정리하기 시작했습니다. 어디부터 손을 대야할지 난감했지만 걸레를 빨고 빗자루를 드는 것으로 나를 재촉해서 책과 자료를 정리하는 것까지 움직이기로 했습니다.

　점심을 한참 넘긴 시간 딱히 배가 고프다는 생각이 들어서라기보다는 막연한 의무감으로 냄비에 물을 올렸습니다. 물이 끓는 시간에도 계속된 정리 중에 낯익은 글씨가 짐들 사이에서 얼굴을 내밀었습니다. 어릴 적 보았던 필체, 돌아가신 어머님의 글씨가 담긴 누런 서류봉투였습니다. 순간 숨이 멎는 것 같은 느낌을 넘어 내가 진공관 안에 갇힌 듯 했습니다.

　떨리는 손으로 열어본 봉투 안에는 나의 결혼사진들과 아이들 어릴 적 사진, 그리고 사진들 사이에 처음 보는 흰 편지봉투가 새초롬하게 앉아 있었습니다.

　큰아이의 탄생부터 유아시절의 흔적이 고스란히 담긴 사진들 조금은 어색한 내 결혼 사진을 먼저 보면서도 흰 편지봉투 속에 무엇이 들어있는지에 더 신경이 쓰였습니다. 그런데도 사진을 먼저 본 이유는 왠지 모를 가슴 떨림이 편지봉투를 통해 전해왔기 때문입니다.

사진을 보는 둥 마는 둥 훑고서 떨리는 마음으로 펼치자 곱게 접힌 채 아주 얌전한 모습으로 접힌 세 통의 편지가 들어 있었습니다.

아, 결혼 초 아내가 어머니에게 쓴 손편지입니다.

"어머님, 이제 효사의 이가 일곱 개나 났습니다. 조금 있으면 할머니 할아버지께 큰절을 올릴 수 있을 것 같아요. 사내아이라 그런지 몸동작이 크고 힘찹니다. 건강하셔서 제게 많은 추억을 남겨 주시기 바랍니다."

나도 모르는 편지였습니다. 편지를 읽는데 왜 그렇게 눈물은 쏟아지는지 눈물 한 바가지라는 말이 꼭 내게 한 말 같았습니다. 지금은 계시지 않는 엄마에 대한 기억의 되돌림도 한 몫을 했지만 난 그 편지를 읽으며 아내가 나와 아이들에게 얼마나 소중한 사람인가에 대한 깨달음으로 한 바가지 눈물이 되었음을 고백합니다.

어머님도 아내의 편지를 받아보시고는 나와 같은 느낌이셨을 겁니다. 그러니 가족사진과 함께 곱게 담아 두시고 당신이 세상을 뒤에 두셨을 때 꼭 막내아들에게 전해주라며 작은 누이에게 맡겨 놓으셨을 테지요.

아내가 어머님께 쓴 편지를 몇 번이나 읽고 또 읽으면서 난 눈물 한 바가지만큼의 마음을 아내에게 보여야겠다고 생각했습니다.

아내가 집에 오면 어떤 말과 표정으로 맞는 것이 자연스러울까 하는 고민으로 냄비 물이 끓고 있다는 사실도 잊을 만큼 고민했어도 뾰족한 답이 나오질 않았습니다. 그 대신 아내의 책상 유리에 끼워진 어머님 사진 앞에서 난 막내며느리의 오래된 편지를 한 번 더 읽어 드리는 것으로 고민을 끝냈습니다.

　사진 속 엄마도 꽤나 좋으셨던지 냄비 물 끓는 소리처럼 웃으시는 것 같았습니다.

몰래 엿본 지갑

컴퓨터 앞에 앉아 작업을 하다 기지개를 켰는데 아이들 책꽂이가 눈에 들어왔습니다. 어느새 문학책보다 참고서가 빼곡히 들어찬 것과 더불어 어제도 새벽까지 공부를 하다 7시에 일어났다는 큰아이의 말이 아프게 스쳐갑니다.

책장을 찬찬히 훑어보는데 눈에 익은 갈색의 가죽지갑 하나가 보였습니다. 오래 전 아내에게 선물한 것인데 지금은 큰아이가 쓰고 있는 지갑입니다. 마치 도둑질 하는 마음으로 지갑을 열었습니다. 약간의 돈과 문화상품권 두 장, 그리고 아이의 주민등록증이 전부였는데 주민등록증에는 어느새 성인이 된 한 친구가 덩그마니 들어있습니다.

갑자기 스쳐가는 큰아이의 초등학교 입학식 다른 아이보다 머리 하나는 더 있을 정도로 키가 껑충하던 아이, 작은 꾸지람에도 구슬 같은 눈물을 뚝뚝 떨구고 단 한 번도 부모의 말을 거스르지 않은 아이가 어느새 코밑이 거뭇한 청년이 되어서 몰래 엿본 지갑 속에서 슬금슬금 나오고 있는 겁니다. 그러고 보니 잠든 아이들의 머리에 손을 얹고 기도한 적이 언제였는지 언성만 높이는 내 자신을 자주 목격하는 요즘이라는 것을 몰래 엿본 아들의 지갑 속 주민등록증을 통해 깨닫게 되었습니다.

　난 아빠보다 목사가 먼저 되어서인지 아빠에 매우 서툽니다. 서툰 아빠처럼 살지 말라고 아이의 지갑 속 주민등록증이 내게 알려준 것 같습니다. 몰래 엿본 것은 아들의 지갑이 아니라 바로 내 자신임을 알게 된 기지개 켠 오후입니다.

편지 한 통

일본 종주 여행길에 있는 사랑하는 나의 아들 효림아!

네가 어릴 때는 늘 입에 달고 해주던 말인데 이제는 사랑한다는 말조차 형식처럼 들리지 않을까 염려되는구나.

기대가 크면 실망도 크다는 세간의 말이 진짜구나 생각한 적도 있었단다. 하지만 지금은 그것이 그릇된 말이라는 것을 아빠는 잘 알게 되었어. 이기적인 기대가 큰 실망을 가져오는 것일 뿐이라는 걸 깨달은 것이지.

사랑하는 아들, 아빠는 너를 정말 사랑한단다. 여행 중에 너도 아빠의 사랑에 관하여 이따금 꺼내 보기를 소망한다. 짧은 문자에 의지해 잘 있음을 가늠하던 것조차 이루어지지 않고 있으니 조바심이 이는 것으로 봐서 넌 아직도 아빠에겐 솜털을 달고 있는 아기가 분명하구나.

지금은 어디서 누굴 만나고 무엇을 보고 있는지 궁금하지만 스물도 안 된 나이에 생면부지의 땅에서 한 달이 넘는 시간 동안 혼자 여행을 한다는 것이 쉬운 일은 아닐 텐데 한편으로는 대견하고 마음 한편은 걱정도 되는 것이 모든 부모의 마음이지 싶구나.

마당의 매화나무엔 앙증맞게 꽃망울이 올랐단다. 아모르는 지극정성으로 자식들을 키우고 바다의 아이들은 너무 튼튼하여 씩씩한 군인 같단다. 참, 망울이도 자식들을 보았어. 조금 있으면 마당은 꽃 소식과 함께 강아지들의 놀이터로 변하겠지. 세상이 온통 생명으로 꿈틀거릴 때 내 아들 효림이도 지난겨울의 두꺼운 옷을 벗고 발레리노가 무대를 발끝으로 차 공중으로 뛰어 올라 또 다른 미지의 공간에 내려서듯 그리할 것으로 기대 되는구나.

지금 아들의 발끝은 어디를 향하고 있을까? 삿포로 눈의 맛과 색깔은 어땠으며, 오타루의 풍광 도쿄의 밤거리는 어떻게 흐르는지 또 오사카의 역사(歷史)는 또 어떤 모양을 하고 있으며 교토와 나라의 사람들은 무슨 생각을 하고 있는지 참 궁금하구나.

내 사랑하는 아들 효림아, 지금의 순간들을 즐기거라. 얼마나 소중한 사람들인지 얼마나 감동적인 모습들인지를 그 사람들 속에서 찾아내길 바란다.

생각하지 않은 지출이 늘어간다고 걱정하더라는 엄마의 말에 얇은 지갑으로 보낸 것이 후회되기도 했지만 돈 때문에 고생도 하고 굶기도 하는 것이 여행의 일부분이라는 말로 엄마의 말을 잘랐어도 돌아서서 지갑을 확인하는 아빠 모습을 엄마가 보았다면 또 한소리 들었을 것 같구나. 부족한 경비는 여행을 늘 조마조마하게 만들지만 더 많은 것들을 가져다주는 선생 같음을 알아가길 바란다.

네가 언제 어디쯤에서 이 편지를 읽게 될지는 몰라도 아빠는 이 글을 마치는 순간이 전달된 시간이라고 믿고 싶단다.

아들, 3월 초 어느 날 우리는 서로를 마주보며 환히 웃고 있겠지.

내 아들 효림아, 사랑한다. 오늘은 유난히 볕이 좋았어. 그래서인지 아들이 더욱 보고 싶더라. 일본 땅 어느 곳 땅거미 길게 드리운 끝에 서서 네가 땅거미의 연장선이 되어 있다면 넌 그만큼 성장하는 중일 것이다. 아빠 그런 너를 보는 것만으로도 행복하겠지.

아들, 네 십대의 끝이 네 인생의 나침반이 될 수 있도록 바람처럼 헤집고 돌아다니기를 응원하마.

오늘은 유난히 아들이 보고 싶어서 마당에 나가 하늘을 올려다보았단다.

꽃사과 꽃잎 날리는 쪽에서 부르는
망울 연가(戀歌)

　'망울이'는 내가 키우는 진돗개다. 어릴 때 더운 여름 날 자동차 밑이 시원하다고 느꼈던지 그곳에서 잠을 자다가 다리를 치어 큰 수술을 두 번이나 받았어도 한쪽 다리에 장애를 지니게 된 장애견이다. 누가 장애견을 입양하려 하겠는가. 그래서 더더욱 한 식구가 된 딸이다.

　본명은 꽃망울인데 줄여서 망울이로 부른다. 망울이의 집은 꽃사과 나무 아래에 있어서 꽃사과 꽃잎이 바람에 흩날릴 때면 제 이름처럼 꽃잎이 된 채 꽃보다 더 맑은 눈망울로 꽃잎 날리는 것을 쳐다보기를 좋아한다.

　다리 하나를 접을 수 없으니 마음처럼 달리고 싶으면 굽지 않고 뒤집어진 다리를 질질 끌면서도 바람처럼 달린다. 그렇게 달리고 나면 뒤집힌 다리의 발등이 땅에 쓸려 허물이 벗겨진 곳에서 피가 흐르니 달리고자 하는 망울이의 마음을 붙잡아 두려면 내가 땅바닥에 털썩 앉는 것뿐이다. 그럼 망울이도 내 곁에 앉아 몸을 비비다가 비로소 피가 흐르는 다리를 혀로 핥는다.

　내가 망울이의 다리에 관해선 해줄 수 있는 일이 없다. 연고를 발라주기도 했지만 금방 핥는 탓에 그것도 하지 않는다. 인터넷을 뒤져 개들이 신는 신발을 구입해 신겨보기도 했지만 마당 반 바퀴를 돌 때쯤이면 신발은 벗겨져 따로 뒹군다. 허물이 벗겨지고 피가 흐르는 망울이의 발등이 어느새 내 발등이 되는데도 망울이는 꽃사과 꽃잎 같은 얼굴로 얼른 일어나 또 달려보자고 재촉한다.

망울이는 내가 키우는 진돗개다 아니 진돗개였다.

꽃사과 나무 아래의 망울이 집은 지금 비어 있다. 꽃사과 나무 아래에서 바람에 흩날리는 꽃사과 꽃잎을 올 봄 망울이는 보지 못한다. 나와 함께 산 8년 내내 기쁨만을 주던 망울이가 하늘나라로 갔기 때문이다. 아침 운동 시간에 망울이의 걸음이 느리다는 것을 알고 나서부터 약 4주 후, 망울이는 병원에서 급성 심정지로 내 곁을 떠났다. 다리 장애로 인한 척추 이상과 마비 출산활동의 제약으로 생긴 자궁축농증이 더해져 치료를 받으러 간 병원에서 급작스레 생긴 일이었다.

통곡을 하다시피 우는 큰아들 곁에서 난 자연의 순리를 말하는 냉정함을 보이며 점점 식어가는 망울이를 안고 집으로 돌아와서 부드러운 땅을 골라 곱게 안장하면서도 난 냉정을 잃지 않으려고 입술을 깨물었다.

망울이는 내게 장애를 가진 이 땅의 모든 생명들에 관하여 다른 시각을 갖도록 가르친 선생님이기도 했다. 십자가에 달려 대못에 박힌 예수의 아픔을 망울이가 까진 발등으로 마당을 달리는 것을 지켜보다가 조금이나마 이해하게 되었다면 믿을 수 있을까?

내 책상에서 두 시 방향으로 고개를 돌리면 망울이가 그리도 좋아했던 꽃사과 나무가 외롭게 서 있는 것이 보인다. 꽃잎 날리는 날이 되면 망울이의 친구는 친구의 부재를 꽃잎으로 안타까워하며 더 짙고 풍성하면서도 멀리 날려 줄 것이다.

병이 들고 부터 4주 동안 대소변을 제대로 보지 못하는 망울이를 안고 오줌과 똥도 뉘고 운동을 시킬 때마다 전달된 망울이의 따뜻한 체온이 아직도 내게 남아 있다. 지금은 망울이 집 쪽을 향한 창문에 커튼을 쳐 놓았지만 꽃사과 꽃잎 날리는 날이면 활짝 열고 망울이를 원래의 자리로 보내줄 것이다.

꽃사과 꽃잎 날리는 쪽에서 네 발로 땅을 딛고 힘차게 달려올 망울이를 바라보면서 꽃잎 하나에 추억 하나를, 꽃잎 둘에 손을 모으고 꽃잎 셋에 잊지 않겠노라고 말할 것이다.

할머니의 사진첩

　할머니 생신을 맞아 외갓집을 다녀온 아들이 집에 돌아와 제일 먼저 한 일은 인터넷으로 사진첩을 주문한 것이었다.

　아흔 한 살이 되시면서 부터 침대생활만 하시는 할아버지와 세 살 아래 할머니의 마른 얼굴을 보고 나서였을까 아들은 자신의 휴대폰에 저장된 사진들을 인화하고 집안의 사진첩을 꺼내어 할머니와 할아버지가 등장하는 사진 모두를 모아 자신이 구입한 사진첩에 한 장 한 장 곱게 정리하기 시작했다. 이유를 묻진 않았지만 묻는 것만이 아는 방법인 것만은 아니지 않겠는가.

　할아버지에 비해 정신이 또렷하신 할머니는 손자의 사진첩을 받아들고 눈물깨나 흘리실 것이다. 전화만 해도 울먹이시는 할머니에게 눈물이 너무 잦아졌다는 손주의 핀잔 아닌 핀잔에도 또 눈물을 보이시는 할머니에게서 아들은 도대체 무얼 본 것일까? 혹여 20, 30년 후의 엄마와 아빠를 본 것은 아닐까?

　아들이 없는 방으로 살며시 들어가 사진첩을 열어보았다. 그곳엔 할머니 같지 않은 할머니와 할아버지와 나 같지 않은 나와 아내, 그리고 동생이 환히 웃고 있었다.

　사진첩엔 사람이 추억으로 존재한다. 나의 사진첩에 등장하는 수많은 사람들에게 난 오늘도 눈을 감고 대화를 요청한다. 대답이 없어도 등을 보이고 있어도 괜찮다고 다짐하며 대화를 청한다.

아들의 사진첩엔 추억이 사랑이라는 이름으로 등장하는데, 우리들의 사진첩엔 무엇이 담겨 있어야 하는 것일까?

이(李) 씨 백(白) 씨

옛말에 아내 자랑 자식 자랑을 하면 팔불출이라는 말이 있습니다만 오늘은 팔불출이 되어야겠습니다.

난 아들만 둘입니다. 두 아들은 아내의 직장생활로 인해 갓난아기 시절을 목포 할머니*)무릎에서 자랐습니다. 그리곤 22개월이 되던 시점부터 어린이집을 다니기 시작했죠. 그러니 유독 목포 할머니와 할아버지를 잘 따릅니다.

할아버지가 92세에 임종 하실 때 작은 아들은 외국에서 공부를 하고 있었습니다. 할아버지의 임종 소식을 접하고 귀국하여 뵙겠다는 둘째 놈에게 "오면 절차가 모두 끝난다." 는 말로 이해시켰지만, 아들은 내심 경제적인 이유로 받아들이는 것 같아 마음이 편치 않았습니다.

하지만 아들의 요구는 참석 이외의 것으로 계속 되었습니다. 할아버지의 입관예식을 '페이스타임'으로 연결해서 참여하게 해 달라, 하관예식을 영상으로 볼 수 있게 해달라는 등의 요구였죠. 안타깝게도 입관 예식은 여건이 여의치 않아 보여주질 못했지만 나의 집례로 치러진 선영에서의 봉안예전은 아들

*)목포 아버지- 아이들에게 친가 외가의 용어를 벗고 지역을 붙여 부르게 했다.
  예- 서울 할머니, 목포 할머니)

의 요구대로 문명의 이기를 이용하여 아들과 함께 치를 수 있었습니다.

작은 아이가 있는 곳과 우리나라는 시차가 7시간입니다. 우리나라가 밤 7시면 그곳은 낮 12시가 되니 7시간 늦습니다. 그런데 그곳 시간으로 새벽 4시쯤 진행된 봉안예식이었음에도 아들은 그때까지 자지 않고 기다린 것은 물론 어디서 준비했는지 검은 양복과 넥타이 흰색 와이셔츠로 정갈하게 차려입은 후 예전 내내 꼿꼿이 서서 할아버지의 마지막 모습을 지켜보았고 견디기 힘들었던지 크게 절을 올린 후 소리 내어 울기 시작했습니다.

"이(李) 씨 50명이 있어야 백(白) 씨 한 사람"이라는 살아생전의 할아버지 우스개 말씀이 무색할 정도로 모든 가족이 효림이의 행동으로 숙연해졌죠.

동생 몫까지 하려는 듯 이리 뛰고 저리 움직이는 형의 모습을 물끄러미 바라본 내 마음이 어땠는지 이해하리라 생각합니다. 이쯤 되면 자식농사 하나는 잘했다고 자랑해도 되는 것 아닙니까?

목포 아버지는 제게 정말 큰 선물을 주고 가셨습니다. 그 선물은 "너에게 얼마나 훌륭한 자식들이 있는지 이제 알겠느냐?"라는 깨우침입니다.

가시면서까지 내게 가르침을 베풀어 주신 목포 아버지에게 다시 한 번 머리를 조아려봅니다.

"좋은 날에 먼 곳으로 소풍을 떠나신 아버지, 안녕!"

익어가는 중

초등학생인 큰아이가 동물의 수명과 나이를 알아보는 숙제를 가져왔습니다. 세상의 모든 피조물은 각각의 나이가 있다는 것을 살펴보라는 숙제인 듯합니다.

나무의 나이는 나이테로 알고 물고기는 비늘과 옆줄로, 짐승은 이빨로 나이를 안다고 가르쳐주면서 사람은 무엇으로 자기 나이를 아는지 궁금해졌습니다.

계산 능력과 기억력을 가진 유일한 피조물인 인간은 그 어느 피조물보다 정확히 자신의 나이를 아는 존재입니다. 그래서 나이로 인생의 목표를 수정하기도 하고 생활의 여유를 유지하기도 합니다. 어른스럽다거나 철이 없다는 표현은 사실 나이를 기준으로 해서 나온 말이 아니겠습니까? 그런데 태어난 날을 기준으로 살아온 날까지로 계산된 사람의 신체나이가 의학적으로 들여다보면 각기 다르게 나타난다는 것을 보면, 세상에서의 세수(歲數)가 꼭 사람의 나이는 아니라는 생각이 듭니다.

세상 나이가 50임에도 40세의 근육을 가진 사람이 있는가 하면 60세의 근육을 갖은 사람도 있고 근육만이 아니라 사람의 혈관까지도 각기 다른 나이를 나타낸다고 하니 나이를 그저 단편적으로만 볼 것은 아니지 싶습니다. 그리고 보면 우린 한 몸 안에 각각의 나이를 가진 신체구조를 담고 사는 꼴입니다. 그래서 한 마음 되고 한뜻 되어 살라는 건, 신체구조가 가진 각각의 나이처럼 분열된 것이 아니라 하나 된 자아를 가지고 살아야 한다는 것을 말하고 있음이 명확합니다.

하나의 육신에 각기 다른 나이의 신체구조들이 존재한다면 어찌 건강하다 하겠습니까. 우리들의 정신세계 또한 일치되지 않는다면 어찌 아름다운 세상을 만들어 나가겠습니까.

믿음을 가진 사람들 속에도 믿음의 나이는 각기 나타납니다. 오래 믿었다고 하여 믿음의 본질을 이해한 사람이라고 하거나 믿음이 깊은 사람이라고 단정지을 수 없습니다. 다만 오래 믿었다는 건 잘 믿을 수 있는 기회와 반성할 기회가 더 많이 주어졌다는 것 이상도 이하도 아니기 때문입니다.

한 살씩 세속의 나이를 먹어갈수록 집착으로부터 조금씩 벗어나고 있다는 생각이 듭니다. 나이를 먹는 건 늙어가는 것이 아니라 익어가는 것이라는 모 가수의 노랫말에 고개가 끄덕여집니다.

내 주변이 익어가는 사람들로 풍성해졌으면 좋겠습니다. 한 몸 안에 각각의 나이를 가진 지체를 넘어 하나 된 몸과 정신의 나이로 서로 존경하며 사는 사람들의 세상이 되었으면 좋겠습니다.

난 큰 아이의 숙제를 도와서 자연과 동물들의 나이 아는 법을 알려 주었지만 내 마음의 나이는 말해주지 못했습니다.

사람은 나이로 사는 것이 아니라 사랑으로 산다는 것도 말해줄 수 없었습니다. 큰아이가 조금 더 세상의 나이를 먹어서 스스로 알아가기를 바라는 마음이 컸기 때문입니다.

할머니 엄마

　어머니를 뵌 지도 정말 오래되었다는 걸 문득 깨닫게 된 오
후의 하늘은 잔뜩 먹구름을 담고 있습니다. 손을 뻗어 움켜쥐
기라도 하면 금방 물이라도 짜질 듯한 하늘이어선지 더욱 어
머니가 스쳐갑니다.

　'성직자에게 효자 없다'는 말은 틀리지 않는 말 같습니다. 삼
남매가 동시에 한 학교를 다니던 시절, 어머니는 가난한 살림
이었음에도 자식들 일로 인해 학교를 찾으실 때면 언제나 곱
게 빗어 넘긴 머리에 쪽을 찌시고 코가 불끈 솟은 흰 고무신
을 신고 검정 색 바탕에 물방울무늬가 곱게 앉은 치마저고리
를 입고 학교에 오셨습니다. 나중에 그 옷이 공단 치마저고리
라는 것을 알았지만 모두들 예쁘다고 말을 해도 나는 어머니
가 학교에 오시는 것이 싫었습니다. 친구들은 내게 엄마가 아
니라 할머니가 학교에 오셨다고 말했기 때문입니다.

　어머니는 날 마흔 한 살에 낳으셨고 내가 초등학교에 들어
갔을 때는 오십에 발 한 쪽을 디딘 나이셨으므로 아이들이 할
머니가 오셨다고 말하는 건 지극히 당연한 것이었지만 엄마가
할머니로 불리는 것이 무척 싫었습니다.

　초등학교 시절의 어머니는 아이들에게 자랑하고 싶을 정도

로 예뻤습니다. 예쁜 할머니가 오셨다는 말만 듣지 않았다면 난 엄마의 학교 출입을 무척 좋아했을 겁니다.

가난한 살림에 어디서 그런 옷이 나셨는지 아직도 모르겠으나 살림에는 도무지 관심이 없던 아버지 대신에 힘든 가정 살림을 꾸리시느라 억척스럽게 사실 때와는 달리 어머니는 삼남매가 다니는 학교에 오실 때면 언제나 눈이 부실 정도로 곱고 아름다운 용모와 누구나 부러워할 공단 치마저고리 차림이셨으니 학교가 환해질 만큼 빛이 나는 건 어찌 보면 당연했을 겁니다.

이렇게 예쁜 엄마가 학교에 오는 것을 싫어한 이유는 친구들의 말 앞뒤에 붙는 수식어 "니네 할머니 참 예쁘시다." '참 이쁘다 니네 할머니,' 때문이었습니다.

친구들이 엄마를 할머니로 부르는 건 당연했습니다. 다만 소풍이나 학교행사 때 맨 앞에 앉아 계시는 할머니가 싫었을 뿐이죠.

학교에 오지 말라는 말이 좋지는 않으셨을 텐데 어머니는 그저 웃기만 하시며 "너도 늦자식 나봐야 엄마 마음 알 것인데…"라는 알아듣지 못할 말만 하셨던 것으로 기억합니다.

엄마의 공단 치마저고리 이야기는 적게 잡아도 50년 전쯤의 이야기입니다. 내가 50년 전의 이야기를 끄집어내는 까닭은 오늘따라 검은 하늘에 점점한 흰구름이 공단 치마저고리의 물방울무늬처럼 보였기 때문입니다. 소중한 사람들을 만날 때마다 꺼내 입으시던 어머니의 공단 치마저고리가 우연히 올려다본 하늘에 담겨 높은 곳에서 가만히 나를 내려다보고 있었습니다.

할머니 어머니셨던 분은 지금 내 곁에 계시지 않습니다. 손주들의 학교에 공단 치마저고리를 입고 가서서 "니네 할머니 짱! 이쁘다. 캡이다. 니네 할머니 곱다!"라는 말을 듣게 해주셔야 할 어머니는 지금 손주들 곁에 계시지 않습니다. 자식에게 할머니 소리만 듣게 해주시고 먼 길을 떠나셨기 때문이죠.

엄마도 할머니가 된다는 사실을 내가 조금만 일찍 알았으면 좋을 뻔 했습니다. 철없던 나도 아버지가 되었는데 엄마는 평생 엄마로만 있는 줄 알았습니다.

어머니의 공단 치마저고리가 마구마구 보고 싶습니다. 엄마의 옷 한 점이라도 남겨두지 못한 나의 어리석음이 후회되는 어느 날입니다.

토끼가 되고 싶은 아빠

아이들에게 토끼 한 쌍을 선물했습니다. 삼례 장날 박스에 담겨 길거리에서 고물고물대는 두 친구를 아이들의 품에 꼭 안겨주었습니다. 멀미 탓인지 엄마 곁을 떠나서인지 맥없이 누워만 있더니 아이들의 정성과 좋은 먹이 탓인지 금방 원기를 회복하고 씩씩해졌습니다.

아이들이 섬의 작은 초등학교를 다니고 있어서 월요일이면 놈들도 섬으로 갑니다. 학교 마당에 풀어놓으면 교무실도 교실도 지들 놀이터인양 돌아다닌다고 토끼라기보다는 강아지 같다며 학교 사람들은 강토끼라고 부르며 좋아하고, 강토끼들도 사람을 잘 따릅니다.

학교 운동장에서 간혹 들고양이를 만나면 특유의 '공중 뒷발 치기'의 고난도 기술까지 구사하며 뛰어 놀다가 전기밥솥에서 밥이 다 익었다는 알람소리를 들으면 문 앞에서 턱을 받치고 얌전히 앉아있습니다.

아내가 한 숟가락의 밥을 주면 놈들은 김이 나는 쌀밥을 호호 불어가며 참 맛나게도 먹습니다.

놈들의 재롱이 당연하게 느껴질 때쯤 아내가 풀이 죽은 목소리로 전화를 했습니다. 동네 꼬마가 토끼를 가지고 놀다가

뒷걸음질로 그만 토끼를 밟았다는 겁니다. 얼굴 전체에서 피를 쏟더니 시름시름 앓기만 한다고 아내는 걱정에 절은 목소리로 전화를 한 겁니다. 철렁 내려앉는 가슴 뒤로 그동안의 시간들이 밀려들었습니다. 사실 토끼 키우기는 아이들의 요구도 있었지만 토끼와 얽힌 내 유년 시절의 추억과 겹쳐 있던 토끼였기 때문에 더욱 충격적이었습니다.

나도 아이들 만할 때 '루프'라는 종류의 토끼를 키워 본적이 있습니다. 그 당시에는 털을 중시하던 때라 '앙고라'라는 토끼 사육이 성행했고, 식용을 위한 큰 몸집의 토끼인 '루프'는 그리 흔한 토끼가 아니었던 것으로 기억합니다.

몸집이 앙고라보다 한 배 반은 크고 귀가 축 늘어져서 무척 순해 보이는 토끼 일곱 마리(숫컷1, 암컷6)를 어렵사리 구해서 바로 위의 형님과 이천 마리 정도 불리기까지 채 3년이 걸리지 않았습니다.

토끼풀과 씀바귀만 먹이로 주다가 급작스럽게 늘어난 식구 때문에 칡넝쿨과 양배추 나중에는 잡다한 풀베기조차 버거웠습니다. 집으로 돌아오자마자 짐자전거에 각종 풀들을 가득 싣고 달리며 울려대던 자전거 종소리의 추억도 토끼로 인하여 얻게 된 겁니다.

이처럼 토끼 키우기는 애완동물 이상의 추억을 담고 있었기에 토끼가 다쳤다는 소식은 추억마저 다친 것 같아서 더욱 속상했습니다.

사나흘을 아무것도 못 먹고 시름시름하는 놈에게 아내는 곡식을 갈아 죽처럼 먹여보고, 섬에서는 금보다도 귀하다는 사과를 구해 먹여보기도 하고 아이들은 공부방 간식으로 나온 바나나까지 자잘하게 쪼개 먹이는 정성을 기울였습니다.

정성과 기도 때문인지 죽을 것만 같았던 토끼기 일어나 걷기도 하고 심지어 뛰기까지 한다는 전화를 받고는 얼마나 기뻤는지 모릅니다. 그런데 안개가 많이 낀 오전, 아내는 토끼가 갑자기 죽었다는 전화를 했습니다. 토끼도 아이들의 사랑을 알기에 며칠만이라도 견디려고 애를 썼던 모양입니다. 아이들이 집으로 돌아오기 전에 산속 부드러운 땅에 묻어주라고 부탁했습니다.

아, 울컥하는 상념(傷念)이 목까지 치밀어 올랐습니다. 안방 문턱에 발 한 쪽을 디디고 내 눈치를 보던 놈의 얼굴과 밥솥 알람소리에 문 앞에 앉아있던 놈의 모습이 동시에 스쳐갔습니다. 아이들의 마음을 위로하느라 새 토끼를 사주겠노라고 했지만 '토순'이라고 불렸던 그놈은 한참이나 잊고 지냈던 초등학교 시절의 반짝이는 사진첩 같았기에 배 멀미 전의 불편함처럼 한동안 나를 짓눌렀습니다.

토끼 한 마리와의 작은 인연이라도 추억이 묻어 있으면 그냥 토끼가 아니라는 깨달음을 얻은 사건입니다.

혹자는 내가 정이 너무 많아서 상처도 크겠다고 염려합니다. 그러나 사람으로 받은 상처는 사람을 통해 회복되어야 하듯이 토끼로 인한 아픔도 토끼로 달래야겠다는 생각에 다시 삼례 장을 찾았습니다. 삼례 장에는 여전히 사람들로 북적였고 박스에 담겨진 토끼들도 여전했습니다. 토순이를 많이 닮았다고 생각되는 아이를 데리고 집으로 왔는데 내려놓자마자 얼음이 되었고 오는 동안 많이 울었는지 눈이 빨갛습니다. 쫑긋한 귀에 대고 아주 부드럽게 속삭여 주었습니다. "상처주지 않을게!"

일주일 만에 만나는 아이들에게 나는 토끼가 되고 싶은데
아이들은 나보다 토끼를 먼저 찾을 게 분명합니다.

책에 없는 이야기

어릴 적 아버지와 겨울 논으로 미꾸라지를 잡으러 간 기억이 생생합니다. 벼 밑동을 삽으로 깊게 떠서 얼음판 위에 쏟고 긴 넝마집게 같은 것으로 헤집으면 아버지 손가락 굵기 만한 미꾸라지들이 나오곤 했습니다. 배가 시린지 꿈틀대는 미꾸라지를 보는 게 재밌었습니다.

그때 아버지는 쩍쩍 소리를 내며 우는 얼음을 살살 딛으시면서 이렇게 말씀해 주셨습니다.

"막내야, 얼음 우는 소리 좀 들어 보거라. 두꺼우면 두꺼운 울음을 얇으면 얇은 울음을 운단다. 그러니 얼음 위를 걸을 때는 무작정 걷지 말고 얼음 우는 소리를 귀담아 듣고 걸으면 빠질 일이 없단다."

지금 생각하면 아버지가 어린 내게 가르쳐 준 것들은 모두 돈과는 관련이 없는 것들이었다는 것과 책에서도 본 적이 없는 것들이었습니다. 그런데 왜 아버지가 알려주신 것은 이토록 오랫동안 나의 기억에 남아 있는 것일까요?

아버지에 대한 기억은 색 바랜 정물화처럼 가물가물한데 아버지에게 배운 것들은 집안 대들보처럼 생생합니다. 하지만 난 우리 아이들에게 아빠처럼 가르쳐주는 것이 별로 없다는 생각이 문득 들었습니다. 게다가 아빠의 아빠조차 가르치지 않은 것 같습니다.

아버지는 내게 사는 법을 가르쳐 주셨는데 난 아이들에게 잘 사는 법을 가르치고 있다는 생각을 떨쳐내기 어렵습니다. 시간이 많이 흘러 내가 아이들 곁에 없을 때 아버지의 가르침을 하나도 기억하지 못한다면 어찌할까요?

잘 사는 법은 자기들 문제이니 난 지금부터 사는 법을 가르쳐야 겠습니다.

바리스타 이 목사

'바리스타'란 바(Bar) 안에서 커피와 관련된 일을 전문으로 하는 사람입니다. 커피가 지금처럼 일상화 된 시기는 그리 오래지 않습니다. 집에 손님이 왔을 때 커피를 대접하는 집이라면 그 집은 매우 수준이 놓은 집이라는 생각을 하던 적도 있었으니까요.

어렵게 커피를 구했는데 그에 걸 맞는 커피 잔이 없어서 대접에 따라 마시면서도 행복해하던 시절을 난 송곳처럼 기억합니다.

아내가 교사가 된 뒤 경험한 첫 가정 방문 이야기는 지금도 커피를 마실 때면 자주 올라오는 사이드 메뉴입니다.

첫 학생 집에서 예쁜 커피 잔에 담긴 커피를 우아하게 마셨는데 다음 집도 그 다음집도 같은 커피 잔이더라는 이야기, 선생보다 먼저 다음 집으로 전달된 커피 잔은 가정방문이 끝날 때까지 마을을 돌고 돌았다는 이야기, 진정한 커피 맛은 똑같은 커피 잔으로 마실 때 느낄 수 있다는 아내의 말에 활짝 웃었던 기억이 새롭습니다.

지금은 커피가 보편화, 아니 일상화되었습니다. 게다가 커피 종류도 수십 종이 넘어 각각의 기호에 따라 마시며 마시는 방법도 각기 달라서 커피를 전문적으로 가르치는 학교도 배우는 사람도 엄청납니다. 셋 중의 한 사람은 바리스타라는 우스갯소리가 있을 정도니 말입니다.

나도 그 중에 한 사람인 셈이지요. 6개월 동안 바리스타 전문교육을 받으면서 커피가 우리들의 인생과 많이 닮았다는 것도 느꼈고 커피 맛도 알게 되었습니다.

맛있는 커피를 마실 수 있는 세 가지 조건은 좋은 원두, 훌륭한 바리스타, 그리고 마시는 사람들의 마음 상태라고 가르치는 사람들은 입을 모아 말합니다.

이 세 가지가 잘 조화되어야만 진정한 커피를 느낄 수 있다는 것이겠죠.

의사가 잡은 칼은 생명을 살리는 수술도구가 되도 강도의 손에 들리면 생명을 해하는 흉기가 되는 것처럼 아무리 좋은 원두라 할지라도 실력 있는 바리스타가 아니면 커피 본래의 맛을 내기가 쉽지 않습니다. 게다가 마시는 사람들 또한 엉망이라면 아무리 좋은 커피를 만들었어도 그 커피의 진정한 맛을 느낄 수 없을 겁니다.

이처럼 우리의 인생은 특정한 것 하나만 가지고 살아지는 것이 아닙니다. 돈만 있으면 좋은 커피를 마실 수 있는데 왜 커피 공부를 하느냐는 사람에게 커피는 그저 커피일 뿐이지만 서툴더라도 커피의 역사와 종류를 말하고 커피에 대해서 뭔가를 알고자 눈빛을 반짝이는 사람과 커피를 함께 마시면 커피 향과 분위기가 더해져서 서로의 마음이 전달됨은 물론 커피라 쓰고 사람이라고 읽어도 될 것 같습니다. 내가 사람들과 이렇게 커피를 마시고 싶다면 욕심일까요?

사라들의 삶에서 아주 그윽한 '아라비카' 커피향이 나기를 바랍니다. 어떨 때는 '에스프레소'의 진함과 '카푸치노'의 부드러움과 '마키아또'의 달콤함도 담겼으면 좋겠습니다.

감수성 넘치는 바리스타가 색깔 있는 커피를 만들어 내는 것처럼 생각하는 사람들이 향기를 내는 인생으로 살게 될 것이라는 소소함마저 버리고 싶지는 않으니까요.

목사가 바리스타가 되었으니 그 입에서 나오는 말로 인해 함께하는 사람들이 커피 향을 맡게 되길 소망합니다.

목수 아들 목사

아버지는 목수였다.

초등학교 시절 학교를 파하고 집에 가면 궁전 같은 검은색 승용차(세단)들이 집 앞에 서 있곤 했다. 당시는 운전하는 사람들이 대접 받던 시절이었고 동네에 차가 들어오면 동네 아이들이 뒤를 따라 달리곤 했을 때였으니 집 앞에 세단 자동차가 서 있다는 건 엄청난 일이었다.

이런 일이 일어날 수 있었던 건 아버지에게 장롱이나 쌀뒤주, 문갑과 찬장 등 집 안의 세간살이 등을 만들어 달라고 부탁하거나 물건을 찾으러 온 사람들 때문이었다.

아버지는 대목과 소목을 아우르는 목수였고 나름 인정받는 실력을 지니고 있었던 것으로 기억한다. 하지만 우리 집에는 변변한 세간살이가 하나 없었다. 어머니의 해를 넘긴 잔소리 끝에 아버지는 장롱, 뒤주, 찬장을 만들어 주시면서도 "세간살이는 방만 차지하는 것들뿐이다."라는 목수 같지 않은 말로 불편한 심기를 드러내곤 하셨다.

이런 아버지의 성정은 물건을 부탁하러 온 사람들에게도 고스란히 드러났다. 제작 개수나 출고 날짜는 물론 생김새(디자인)까지 아버지 마음이었고, 다만 크기만이 제작을 의뢰하는 사람들의 몫이었는데도 주문이 이어졌던 걸 보면 아버지가 만든 것들이 꽤 괜찮았던 모양이다.

하지만 중학교, 고등학교를 거치면서 기성 문과 기성 가구들을 찾는 사람들이 늘어가자 아버지는 고집은커녕 햇살이 비집고 들어오는 양지 쪽 창문에 앉아 바짓가랑이에 묻은 톱밥을 뜯는 시간만 점점 많아지셨다.

게다가 아들 다섯을 둔 아버지는 자식 중 누군가는 당신의 일을 이어받기를 은근히 바라시는 눈치였지만, 첫째는 당신 스스로 당연하다는 듯 후보에서 제외시키셨으니 후보는 넷뿐이었다. 분명한 차별이었음에도 둘째형마저 아버지의 생각을 당연하게 받아들이고 있었기에 아무도 아버지의 부당함을 말하는 사람은 없었다. 그러나 정작 문제가 된 것은 누구하나 아버지의 뒤를 이어 목수가 되겠다는 아들이 없었다는 것이었다. 아버지는 내심 당신의 손끝을 닮은 둘째면 좋겠다는 뜻을 내비치셨으나 둘째형은 그럴 때마다 먼 산만 바라보고 헛기침만 했다. 그때부터 아버지로부터 시선을 받기 시작한 건 막내인 나였다.

특별한 말은 하지 않으셨지만 연장 이름과 용도를 알려주시고 가끔 대패질을 해보라는 것으로 아버지는 밑그림을 그려나가시면서도 공부에 소질을 보이는 나에게서 아버지의 눈은 자주 흔들렸고 흔들릴 때마다 둘째형을 바라보셨지만 형은 방문을 쾅 닫고 나가는 것으로 아버지의 마음도 닫아버렸다.

그런 둘째형도 목수가 되었다. 아니 아버지를 판에 박은 목수로 평생 살았다. 끝끝내 아버지와는 함께 일은 하지 않아도 둘째형 집에서 임종을 맞으셨고, 임종을 지킨 것도 형이 유일했으며, 아버지의 주검 앞에서 소리 없는 굵은 눈물을 보인 것도 둘째형이었고 아버지가 돌아가시자 쓰시던 연장 가방을 풀어 자신의 연장통에 가지런히 정리한 것도 둘째형이었다.

아마 연장통을 정리하는 것으로 둘째형은 아버지의 때 묵은 요구를 들어주었는지 모른다.

나는 목수의 아들로 태어나 아버지가 원했던 목수 대신 목사가 되었다. 당신의 일을 이어받지 않아 섭섭해 하셨을 것이라고 생각하며 살았는데 아버지는 내가 목사가 되었다는 말을 들으시고 누구보다 기뻐하셨다는 이야기를 아버지를 모시고 살던 둘째형이 소주 한잔의 힘을 빌려 내게 전해주었다.

나는 그런 형에게 예수의 아버지도 목수였고, 예수도 목수를 하면서 살았으니 목사와 목수는 한 끗 차이라고 말씀드렸다. 그러자 아버지를 꼭 닮은 형이 내게 말했다.

"예수처럼 일찍 죽지는 말아라."

그렇게 말하는 순간 둘째형에게서 아버지가 보였다.

목수였던 아버지가 보고 싶을 때면 난 아내와 아이들을 데리고 살아생전 아버지가 지은 건축물들을 찾아보곤 했다. 할아버지의 손때가 묻고 호흡이 담긴 건축물들을 통해 기억도 없는 할아버지를 보여주고 싶었기 때문이었다.

나는 가끔 아버지의 뒤를 이어 목수가 되었으면 참 좋았겠다는 생각을 한다. 목사로 30년을 살았다. 목수로 30년을 살고 목사로 3년을 산 예수와는 달리 30년을 목사로 살았으니 3년쯤은 목수로 살아도 좋겠다는 생각이 들기 때문이다.

아버지의 의중을 듣고 싶은데 아버지는 안 계시고 아버지를 닮은 둘째형도 없으니 누구에게 물어봐야 할지 힘이 팔린다.

빈 예배당에 앉아 목수였던 예수에게 묻고 또 물어 보아도 대답 대신인 건 물잠자리 한 마리가 예배당을 날며 십자가에 앉고 날기를 반복하는 것뿐이었다.

목사가 된 목수 아들이 멍하니 앉아있는 예배당엔 물잠자리 날갯소리만 여전히 파닥인다.

기타는 타악기다

중학교 2학년 봄소풍 기억이 또렷하다. 김밥을 입안에 가득 담고 밥알을 튀기며 웃어야 할 점심시간에 난 고등학교 형들에게 불려가 화장실 뒤에서 맞고 또 맞았기 때문이다.

남녀공학이었던 터라 학교 큰 운동장을 사이에 두고 중고등학교가 마주보고 있었다. 운동회도 함께 하고 소풍도 같이 갔다. 봄소풍 장기자랑시간에 난 기타를 들고 나가서 김정호의 '하얀 나비'를 불렀는데 고등학교 2학년 선배와 내가 유일한 기타리스트(?)였다.

난 중학생이었고 고등학생 이상의 감수성이 요구되는 '하얀 나비'를 그것도 기타를 치며 불렀으니 고등학교 형들로서 그냥 넘기기엔 자존심 상하는 일이었을 것이다.

그렇게 그해 봄소풍은 화장실 뒤에서 기타가 타악기로도 쓰일 수 있다는 것을 증명하는 것으로 보냈다.

하지만 그해 가을소풍에서의 '이름 모를 소녀'는 무사했을 뿐만 아니라 기타를 치며 노래를 부르는 학생이 대여섯 명으로 늘어났다는 사실과 그 중 한명은 화장실 뒤로 나를 불러내어 기타가 타악기라는 것을 알려준 선배였다는 것이 나를 더욱 놀라게 했다. 난 그렇게 기타전도사가 되었다.

다섯 살 터울의 형이 어느 날 기타 한 대를 집으로 가지고 왔다. 어깨너머로 코드 몇 개를 배우고 형이 없으면 몰래 기타를 쳤다. 손가락이 까지고 물집이 잡혀도 그랬다. 며칠 만에 노래 서너 곡을 부를 정도가 되었는데 그 중에 한 곡이 김정호의 '하얀 나비'였고 봄소풍의 역사는 그렇게 시작된 것이었다.

　작은 누이가 첫 월급으로 산 수제기타를 시집가면서 내게 주었다. 결혼여행 때 통영의 어느 호텔 로비에 둔 사실도 잊고 지리산을 굽이굽이 오르다가 학교를 파하고 집으로 가는 아이들을 뒷자리에 태우는 과정에서 기타가 없다는 것을 알게 된 후 6개월 뒤 수명이 간당간당한 채로 기타를 찾았다.

　45년이 지난 어느 날 '하얀 나비'를 불러보았다. 그러자 나비가 봄소풍 화장실 뒤로 나를 데려갔다.

　기타는 추억을 부른다. 기타를 준 누이는 지금 진갑을 넘겼고 기타도 치지 않는다. 어쩌면 내게 준 기타도 기억하지 못할 수도 있다. 하지만 그 때 이야기를 누이에게 말하면 반짝이는 눈빛으로 의자를 당겨 앉아 귀담아 들을 것이다.

　다시 '하얀 나비'와 '이름 모를 소녀'를 부르는 날, 누이에게 전화를 걸어 스피커폰으로라도 들려주어야겠다.

　나와 같이 늙어가는 기타와 호흡을 맞출 날을 기다리는 오후, 1번 줄의 소리보다 6번 줄의 소리에 더 가까운 시간 앞에서 난 그저 피식 웃는다.

4.

Nature & Reason

양성굴광성

부엌 창틈에 작은 화분 하나를 올려놓았습니다. 양성굴광성!
이틀인가 지났는데 줄기와 잎사귀들이 창밖을 향하여 무지
개처럼 휘어 있습니다. 빛을 쫓아가려는 몸의 합창이 일어난
탓으로 보입니다. 다시 반대편으로 돌려놓고 하던 일을 하다
보니 어느새 휘어진 몸을 바로잡고 서서히 창밖을 향해 힘찬
스트레칭을 시작합니다. 아마 움직임은 보이지 않는 화분의 밑
동부터 시작됐을 겁니다.

사람들은 보이는 것만으로 살아 있음을 간파하지만 자연은
보이지 않는 곳으로부터 생명의 진동을 감지하는가봅니다. 따
지고 보면 길가의 돌멩이보다 나이 많은 사람이 어디 있을까
요? "연탄재 함부로 발로 차지 마라"는 모 시인의 말을 인용
해 "돌멩이 함부로 발로 차지 마라"는 말도 근사할 듯합니다.

사람은 자연 앞에 심히 부족한 존재일 수밖에 없습니다.

겸손하면서도 진중한 느낌의 꽃을 피워 낸 화분 하나를 보
았습니다. 세모꼴의 보랏빛 잎사귀도 맘에 들었지만 잔잔한 모
습의 꽃에 반해 욕심을 내고 말았습니다.

제단에 올려놓겠다며 어머님께 얻은 화분을 차 뒤 트렁크에
싣고 가다 백양사 경내 주차장에 차를 세우고 화분이 궁금해

서 트렁크를 연 순간 도도하게 하늘을 향했던 꽃과 잎사귀들이 날개를 포갠 나비처럼 고개를 숙여 바느질하는 여인처럼 다소곳합니다. 신기하기도 하고 어여쁘기도 하여 손가락 끝으로 톡톡 건드려 보았더니 접힌 잎사귀부터 천천히 아주 부드럽게 기지개를 켜기 시작하는 겁니다.

아내는 햇빛을 향해 잎이 반응하는 중이라고 말했지만 난 내 손가락 끝에서 나온 사랑의 힘으로 잠에 빠진 잎사귀 요정들을 깨운 것이라고 믿어버렸습니다.

화분은 주일 제단에서 예쁜 그림이 되었습니다. 자신이 그토록 많은 사람들 앞에서 뽐내게 될 것을 상상이나 했을까요? 하나님의 말씀까지 듣는 광영(?)에 날개를 접을 새도 없이 악수하게 된다는 것을 알기나 했을까요?

빛이 있어야 기뻐하는 놈이기에 교회 입구 햇볕 잘 드는 곳에 놓았더니 속없는 막내 애기처럼 방긋방긋 웃습니다.

아침에의 문을 열면 온통 밝은 얼굴로 반겨 주는 친구에게 뭔가를 주고 싶은 데도 달라고는 하지 않고 주겠다고만 난리이니 여간 부담되는 게 아닙니다.

고민하다가 놈이 웃으면 같이 웃는 것으로 내 마음을 전하기로 했습니다. 햇빛이 움직이는 쪽으로 얼굴을 돌려주는 것으로 감사를 전하려고 마음먹으니 내가 맘에 든다며 잎사귀를 살랑거리며 환하게 웃습니다.

잠자리가 읽어준 가을편지

　고속도로를 달리는데 갑자기 차창에 부딪치는 건 꼬리가 붉은 고추잠자리입니다. 달리는 차에 무언가가 부딪치는 게 유쾌한 일은 아니지만 그것이 잠자리여서 수필 같은 이야기가 만들어 질 수도 있다는 생각이 들었습니다.

　앞쪽에만 고정되어 있던 시선을 하늘로 향했더니 장마가 거친 하늘에는 어느새 점점이 날고 있는 잠자리 떼로 가득했습니다.

　아, 장마가 벗겨진 하늘에 날고 있는 잠자리, 아니 잠자리가 벗겨낸 장마일 것이라는 생각이 듭니다.

　장마의 몸부림도 잠자리 날개 바람에 맥을 못추는 것은 당연합니다. 연일 계속되는 장맛비로 당신의 끝은 언제일까 수근거리지만 잠자리를 전령사로 보내어 장마는 장마일 뿐이라는 메시지를 보내고 있습니다.

　올려다 본 하늘을 점령한 잠자리 날개 위에 가을의 편지가 꽂혀 있는 것이 눈에 들어오자 가슴이 뛰기 시작합니다.

　자동차 유리로 달려든 잠자리는 내게 가을의 편지를 전하고자 한 것뿐인데 난 문명의 이기에 붙잡혀서 능력 밖의 속도로 조급하게 내달리다 잠자리가 전하려한 가을의 소리를 무시한 귀머거리 깡패로 살았습니다.

기후를 관측하는 슈퍼컴퓨터가 잠자리만 할까요?

세 시간이면 전주에서 강진 마량포구까지 닿게 해주는 자동차가 휘적휘적 팔을 내두르며 걷다가 미륵보살 눈뜨듯 하늘 구름 올려다보는 어느 한량의 팔자걸음만 할까요?

여섯 시간 동안 오직 한 방향으로만 밀고 들어오던 바닷물도 어느새 힘과 욕심을 거두고 다시 태평양, 인도양, 대서양의 속 깊은 물자리가 시작되던 곳으로 돌아가고 바다와 교감한 잠자리는 날갯짓으로 바닷물을 끝자리까지 밀어내는데 날개를 휘젓는 것으로 장마가 걷히고 따가운 햇살이 불려 와서 가을걷이의 풍성함을 선물하는 건 당연하다 하겠지요.

잠자리 날자 벗겨진 장마 앞에서 삶의 속도를 늦춥니다. 천천히 간다는 건 제대로 살겠다는 내 안의 다짐인 것을 모두가 배우기를 발원합니다.

다시 유리창에 부딪치는 잠자리로 나의 무지를 벗고 속도라는 폭력을 밀어냅니다. 폭력을 떼어내려고 자동차의 속도를 줄였더니 뒷좌석에 탄 작은 아이가 "세상 참 잘 보인다." 하는 겁니다.

잠자리가 가져다 준 환한 웃음과 살아있기에 배우는 것들, 차창에 부딪친 고추잠자리가 읽어준 가을 편지입니다.

히아신스의 외출

　인간에 의해 지구가 망가지고 있다는 증거는 세계 곳곳에서 일어나는 자연재해만으로도 충분하다. 지구의 허파라고까지 불리는 브라질의 밀림지대가 무차별 파손되고 환경오염과 생태계 파괴로 인해 지구의 온난화는 가속되고 있으며 이에 따라 해수면은 점점 높아져 땅들이 물에 잠기는 위험에 빠져들고 있다는 뉴스는 하루 이틀의 이야기가 아니다. 하지만 사람들은 자연의 이와 같은 경고에 무감각하다. 1년, 아니 한 달, 하루 사이로 변해가는 세상 구조 속에서 짧게는 수백 년, 길게는 수천 년 뒤의 일들이 자신들의 문제로 여겨질 리 없기 때문이다.

　성경에서 한 사내는 자신의 편지를 통해서 원시(遠視)치 못하는 인간의 어리석음을 경고하고 세상의 모든 종교는 사람들에게 예언자적인 삶을 강조하는데 눈앞의 이익과 현실에 얽매여 진정 가치 있고 소중한 것을 놓치며 사는 어리석음을 사람들은 반복하고 있다.

　우리들의 무감각이 만들어낸 결과이다. 세상엔 감각적인 것들과 말초신경을 자극하여 사지를 부르르 떨게 할 것들로 넘쳐난다.

　내 일이 아니면 모든 것이 가치 없는 것이라고 여기며 살아가는 사람들, 이들에게 오직 필요한 것은 내 일 내 문제뿐이다. 그런데 자신만 모르는 것이 있다. 세상은 곳곳에서 그건 남 일이 아니라 바로 네 일이라고 말하고 있다는 것을 말이다.

2주전 아내가 작은 화분 하나를 사다 놓았다. 흰색 뿌리가 물에 깊게 잠겨있는 화분 그의 이름을 물었더니 히아신스라고 했다.

양파 같이 생긴 몸통에 새끼손가락 크기만 한 키를 가진 히아신스, 때때로 물을 채워주면서 난 어서 자라 꽃잎을 드러내라고 부탁하곤 했는데 마침내 히아신스는 내 말을 들어주었고 드디어 히아신스의 외출이 시작 되었다.

옛날 왕실이나 귀족들만이 입을 수 있었던 보랏빛 옷을 근사하게 차려입고 도도하게 얼굴을 내민 친구는 왕후의 등장만큼이나 은밀하게 자신의 존재를 드러냈다.

수십 번의 종이접기를 통해 만들어진 듯한 꽃잎에서 그동안 자신의 존재를 드러내기 위한 인고(忍苦)의 세월을 증명이라도 하려는 듯 여섯 쪽 꽃잎 안에는 누구도 범하지 못할 의연함과 고고함이 묻어 있다. 무엇보다 은근하게 뿜어내는 자기만의 향기는 자신이 왜 존재하는 가를 제대로 설명하고 있다는 생각을 갖게 하고도 남는다.

문득 이런 생각이 들었다. '누가 히아신스의 도발적인 외출을 막을 수 있겠는가.'

"자연을 왜 자연이라 하는지 알아? 자연스럽게 그대로 두라고 자연이라고 부르는 거야"

억지 같은 말일지라도 한번 웃으면 금방 잊혀지는 아재개그가 되지 않길 바란다.

외출한 히아신스 앞에서 난 오늘도 학생이다. 물만 먹고도 의연한 모습을 드러낼 줄 아는 무소유(無所有)의 살림살이를 통해 가르치는 스승 앞에서 히아신스 학교 학생의 자긍심으로 옷매무새를 단정히 하고 서서 하루를 시작한다.

숨 좀 쉬자

지난 가을 동네 할머니께서 창호지에 곱게 싼 도라지 씨앗을 주셨습니다. 깃털처럼 가볍고 작아 숨 한번 크게 쉬면 다 날아가 버릴 정도로 여린 씨앗이어서 창호지로 꽁꽁 싸매어 잘 보관해 두었다가 소나무 밑동 황토 흙의 잡초를 걷어내고 조심스럽게 뿌렸습니다.

도라지는 보통 3-4년을 묵히고 캔다는데 그토록 오랜 시간을 기다리는 농부의 인내도 그렇지만 겨우내 동토의 땅에서 서너 해를 견디는 도라지도 보통의 경지를 넘어선 생명이기에 경건함마저 들게 합니다. 하지만 이런 찬사에도 불구하고 씨앗을 뿌린지 보름이 넘었는데 단 하나의 떡잎도 보이지 않는 겁니다.

앞밭 할머니네 도라지는 벌써 한 마디나 자라 지난겨울 추위를 조롱하듯이 자태가 의연한데 꿈쩍도 하지 않는 우리집 도라지에게 애꿎은 불평만 늘어놓았습니다. 그런데 이틀 뒤 파릇한 싹이 돋았습니다. 눈알을 들이미니 안타깝게도 돼지감자의 여린 잎사귀입니다.

해거름 밭으로 나온 할머니에게 넋두리를 했더니 돌아온 말은 다음과 같습니다.

하나, 좀 더 기다려 보소. 농사가 그리 쉬운 게 아녀.

　둘, 씨앗을 너무 깊게 묻었나 보구면.

　셋, 그래도 시간만 쬐깨 더 걸릴 뿐인 게 기다리소. 기다리문 싹은 난당께.

결론– 올 가을에는 분명코 도라지꽃을 볼 수 있다는 할머니 농부님의 말씀이셨습니다.

　도라지 씨앗을 파종하면서 다음의 것을 배웠습니다.

　"숨 좀 쉬자. 이렇게 무겁게 흙을 덮어 놓으니 숨 막혀 죽겠다. 그리고 참고 기다려라."

　누군가 꽃나무를 가져오셔서 그러시더군요. "봄 나무는 얕게 심고 가을나무는 깊게 심어야 합니다."라고 말이죠.

　세상사도 마찬가지 아니겠습니까? 깊어야 할 것, 얕아야 할 것, 서둘러야 할 것, 느긋해야 할 것, 가르쳐야 할 것, 배워야 할 것, 것, 것, 것들…

　하여튼 도라지로 인하여 난 오늘도 이순(耳順)을 바라보는 나이에 학생이 되고 맙니다.

마술사 반딧불이

키만 껑충하던 뜨락의 코스모스가 머리에 화관을 하나씩 달고는 수줍은 듯 몸을 흔듭니다. 꽃 등(燈)을 이고 있는 것들이 지천인 것으로 봐서 추석을 맞으면 보름달만큼이나 커다란 얼굴로 코스모스 가로등이 될 것이 분명합니다.

저녁을 먹고 자전거에 올랐습니다. 천변에 설치된 자전거 도로를 따라 천천히 발을 젓는데 뭔가 환한 빛을 내며 금방 시야에 들어왔다가 사라지고 맙니다. 혹시?

맞았습니다. 반딧불이가 꽁무니에 환한 등을 달고서 풀숲을 벗어나 하늘로 솟구치는가 싶더니 금세 등을 켰다 끄기를 반복하며 여유롭게 밤하늘 별들을 향해 지휘를 합니다.

오늘따라 유난한 상현달이 몸집 키우기를 애쓰며 가을밤을 즐기고 있다는 생각이 들자 자전거도 너무 빠르다는 생각이에 멈춰 섰습니다. 꽤 많은 반딧불이가 풀숲 또는 풀잎에 앉고 날기를 반복하며 그들만의 가을을 즐기고 있습니다.

반딧불이의 빛은 어두운 곳에 있을 때 더욱 운치 있게 드러나는 법, 어두워야 더욱 환해지는 반딧불이의 불빛을 보며 그동안 힘들었던 시간들은 더욱 환한 불빛이 되기 위한 움츠림이었음을 느낍니다.

해뜨기 전이 가장 어둡다는 말의 의미를 반딧불이를 통해 확인한 순간 지금의 어두움은 더욱 환한 내일을 위한 과정이었음을 배웠습니다.

어두워지면 느리게 아주 느리게 어디든 걸어보기를 권합니다. 혹시 점멸등 같은 반딧불이의 마술에 빠져 코스모스가 이고 있는 화관보다 환한 우리의 희망을 확인하게 될지 누가 압니까?

목사가 된 배추 1

우크라이나에 다녀온 탓에 김장배추 심는 것이 조금 늦어졌다. 옆 밭의 배추는 벌써 포기를 키워가는 중인데 우리 배추는 막 자리를 잡아가고 있다. 그래도 배추를 심은 뒤 내린 두 차례의 비가 많은 보탬이 되었다. 그렇게 자라주는 배추를 아침저녁으로 바라보며 얻은 깨달음을 적어본다.

하나 - 만물은 심고 거둠의 때가 있으며 그 때는 정말 무엇보다 누구보다 명쾌하다는 것.

시간만 가지고 본다면 일주일 정도 늦었지만 생장의 차이는 시간의 차이만큼 벌어지는 것이 아니라는 것이다. 심을 때에 심은 것과 심을 시기를 놓친 것과의 차이는 시간만큼의 차이를 훨씬 뛰어 넘는다는 것을 숙고하자.

둘 - 부드러운 땅에 심은 것과 딱딱한 땅에 심은 것의 차이는 엄청나다는 것.

잘 자라는 인생의 주인공이 되고 싶다면 무엇보다 우선해야 할 것은 스스로 부드러운 땅과 같은 사람이 되어야 한다는 것이다. 부드럽다는 건 받아들인다는 것이고 받아들인다는 건 성장한다는 뜻이기 때문이다.

셋 - 풍성하게 거름을 줘야 잘 자란다는 것.

우리가 배추에게 준 것은 거름이지만 배추에게 거름은 배움이며 받아들임이라는 것을 깨닫자. 즉 나에게 소중하다 하여 소중함 그 자체가 아니며 내게 무용하다 하여 타인에게조차 무용한 것이 아니라는 것이다.

정작 중요한 것은 거름이 아니라 받아들임이라는 것을 기억하자.

넷 - 돌봄이 성장이라는 것.

아침저녁으로 물주기, 간간히 솟은 잡초 뽑아주기, 뿌리를 내리지 못하고 죽어가는 모종 갈아주기, 가볍게 살충제 뿌려주기와 같은 돌봄은 무럭무럭 자라는 배추와의 교분임을 기억하자.

누군가와의 관계에서 우리가 행하는 최선(最善)은 최고가 되기 위한 관문이다. 하지만 많은 사람들이 최선을 간과하고 최고(最高)만을 염두에 두고 행동한다. 인생을 5층짜리 건물처럼 여기는 무지이거나 교만 일 수 있다.

수십, 수백 층에 달하는 고층 건물을 두 세 계단씩 딛고 올라간다면 옥상에 닿기란 힘든 싸움이 될 것이다. 배추가 우리들의 밥상에서 맛난 음식으로 자리하기까지 돌봄이라는 장구한 시간과 관계를 맺어야 한다는 것을 깨닫도록 하자.

다섯 - 배추가 자라는 과정은 우리들의 삶의 과정과 동일하다는 것.

세상의 모든 사람들은 존중 받아야 할 주인공들이라는 것이다. 아침에 만난 배추는 지난밤 내린 이슬을 온 몸으로 겸손하고 진중하게 받아서 자신들의 뿌리에 부드럽게 전달하고 있었다. 작은 달팽이들에게 자신의 몸을 내줘서 숭숭 뚫린 구멍으로 하늘을 보게 되어도 뿌리만큼은 굳건히 땅에 접착하고 있었다. 외부의 도움을 기대하면서도 하늘의 질서를 겸허히 받아들이는 자세를 견고히 하면서 그리한 것이다.

오늘 아침엔 배추가 전하는 설교에 귀를 기울이자.

목사가 된 배추 2

예년 강수량의 60에서 70퍼센트에도 못미치는 가뭄임에도 우리 공동체의 텃밭에서는 배추가 굳건하게 자라고 있다. 저수지의 물도 말라서 수로조차 물을 내보내지 못하는 상황에서 밭작물을 키우기란 여간 곤혹스런 일이 아닌데도 배추는 푸른 낮빛을 띠며 씩씩하게 포기를 채워가는 중이다.

지금 우리 밭의 배추는 옆으로 벌린 팔들을 끄집어 당겨 안으로 모아가고 있으며 아침마다 내게 지혜의 말을 전하고 있다.

"네가 나를 심었지? 난 처음에는 속을 채우기보다 뿌리를 짱짱하게 한단다. 그 다음엔 잎을 내 몸 안에서 뽑아 밖으로 밀어내지. 이걸 보고 사람들은 말들이 많더군. 잎이 위로 솟지 않고 옆으로 퍼진다고 말이야. 사람들은 자신이 무척 똑똑한지 알지만 내가 보기엔 그 반대쪽에 가까워. 꽤 어리석은 존재라는 말이지. 잎을 위로 뻗어 가을의 햇살을 막으면 속에 힘이 생기지 않아서 속이 꽉 찬 배추로 자랄 수 없다는 것을 알 리 없으니 그렇게 말하는 것 아니겠어?

내 몸에 노란 빛의 살이 오를 때부터 난 벌린 팔을 안으로 끌어당겨서 속에 찬바람이 들지 않도록 몸을 보호하고 속살을 차츰 살찌워 가는 거야 알았어?"

어느새 배추가 동글해지고 있다. 벌린 팔을 안으로 모으고 속을 채워가는 중임을 증명하는 중이기도 하다.

사람들은 자신이 듣지 못하면 안 들린다고 말하지만 안 들리는 것과 못 듣는 것은 너무도 다른 영역임을 알지 못하기 때문이다.

지금 배추 곁으로 가보기를 권한다. 배추를 보고 있다가 사물의 이치와 겸허함으로 제대로 된 사람이 되는 길을 알게 될지도 모르는 것 아닌가.

세상의 피조물들은 모두에게 지혜를 전하는 스승이다. 다만 세상엔 듣는 사람과 듣지 못하는 사람만 있을 뿐이다.

목사가 된 배추가 전하는 설교에서 세상의 많은 사람들이 지혜를 얻어가기를 욕심부린다.

가장 넓은 이불

　며칠 째 단비가 내렸습니다. 수확한 호박을 무대 위에 올려 놓았다가 오락가락하는 비 때문에 일 보러 나갔다가도 부리나케 돌아와 천막으로 덮고 열기를 반복했지만, 나름 농부의 마음을 알게 된 것 같아 행복하기도 했습니다.

　공동체 식구들이 합심하여 심은 마늘도 비를 흠뻑 머금어 잘 자라 줄 것이라고 믿습니다. 한 조각의 마늘이 둥근 여섯 쪽의 마늘로 돌아오는 놀라운 생명의 신비, 아마 이것도 땅이 주는 사랑의 능력이지 싶습니다.

　또 하나의 감동은 예전에 닭장으로 썼던 밭에 심어놓은 김장 무의 폭풍성장입니다. 며칠 전만 해도 서너 개의 싹만 틔운 채 감감무소식이어서 올해 무 농사는 망쳤다고 생각했는데 며칠간 내린 비 때문인지 생명의 색 초록의 얼굴들을 앙증맞게 내밀었습니다.

　이런 무를 바라보며 '**세상에서 가장 넓은 이불은 하늘에서 내리는 비.**'라는 것을 알게 되었습니다.

　하늘에서 내리는 비는 평등하고 균등합니다. 게다가 부드럽고 따뜻합니다. 잠든 영혼을 일깨우는 도닥임도 들어있고 게으른 사람들에게 내리치는 회초리도 담겨 있습니다. 그래서 하늘에서 내리는 비는 발끝부터 머리까지, 처음부터 끝까지 덮어주는 이불입니다. 그러니 세상에서 가장 넓은 이불을 기다리는 건 나뿐만이 아니겠지요.

이런 이불이 필요 없다는 사람이 있을까요?

혼자 가지려는 사람도 없고 가질 수 있다고 생각하는 사람도 없습니다.

지금도 세상에서 가장 넓은 이불이 세상을 조용히 덮어 나가고 있습니다. 그러므로 이런 이불 밑에서 잠드는 사람이라면 꼭 겸손하고 감사해야 할 것 입니다.

문득 이런 생각이 듭니다. 세상의 모든 죄로부터 가벼워지고자 한다면 가장 넓은 이불 밑에서 죄지은 몸을 깨끗이 씻어내면 좋겠다고 말입니다.

늙어간다는 건

내가 느끼는 노화의 징조는 이렇습니다.
1. 러닝셔츠를 자주 뒤집어 입는다.
2. 찾을 것을 손에 들고 찾기를 자주 한다.
3. 반바지와 샌들이 편해진다.
4. 일찍 잔다.(일찍 일어나지도 않는다. 그렇다면 노화가 아니라 노인이다)
5. 아내와 자식들에게 자주 전화 한다.
6. 배고픈 것을 참기 어렵다.
7. 책상이 어질러졌어도 별 느낌이 없다.(누가 잔소리를 하면 목소리가 커진다)
8. 무감각하게 있다가도 뭔가에 꽂힌 듯 몰아서 일을 한다.
9. 자기 스스로 늙었다는 말을 자주 한다.
   (더 있지만 그만 해야지. 하는 것도 노화의 징조이다.)

늙는 것만큼 자연스러운 것은 없다. 하지만 늙는 것만큼 갑작스런 것도 없다.

'자연스럽게' 와 '갑자기' 라는 말이 어울릴까? 아니다. 그렇지만 현실이고 사실이다. 전자가 세월의 흐름을 의미한다면 후

자는 물리적인 현상에 대한 반응이다.

어느 날 이를 닦다가 거울에 비친 모습 안에서 빛바랜 내 모습을 본다면 얼마나 당황스러울까? 하지만 이건 갑자기 찾아온 손님이 아니라 늘 나와 동행해온 나 자신임을 받아들여야 한다.

일출이 아름다울 때가 있고 석양으로 가슴 칠 때도 있다. 사실 일출과 석양은 내가 어디에 서 있느냐에 따라 결정되는 것 아니겠는가. 그러니 진정 아름다운 것은 내가 어디에 서서 무엇을 바라보고 있는가, 무엇을 하고 있는가의 문제일 뿐 시간의 문제는 결코 아니다.

안경점에 있는 안경과 전시회에 있는 안경이 분명 다른 것처럼 내가 어디에 있느냐 하는 것은 매우 중요한 부분이다. 그러니 사람이 다르다는 말은 내가 어디에 있었느냐는 것일 뿐 많이 가졌느냐의 문제가 아님을 인식하자.

노화의 징조에 대한 역설, 시간의 문제가 아니라 자신이 지금 어디에 서 있는지에 대한 것임을 숙고(熟考)하도록 하자.

고개 숙인 오후

    땡볕 가뭄이 지난하게 세(勢)를 부릴 때도 푸른 잎을 살랑이며 교회 울타리로 든든하게 서 있던 명자나무들이었는데 강아지들이 똥을 누려고 명자나무 사이를 드나드는 통에 자세히 들여다보았더니 푸르게만 보였던 잎사귀의 실핏줄들이 누렇게 툭툭 불거져 있었습니다.

    요 며칠 시원하게 내리는 늦장맛비에 숨통 좀 텄을 것이라고 생각했는데 그동안 얼마나 긴장을 하며 참고 또 인내했던지 한 번에 긴 숨 토해내다 못해 잎이 누렇게 드러날 정도로 엉망입니다.

    말 못하는 짐승이란 말은 들었어도 말 못하는 나무란 말을 오늘 듣게 되었으니 어찌 마음이 아프지 않았겠습니까.

    타들어가는 속내를 퍼붓는 비에 조심히 쓸어내리고 누가 들을 세라 빗줄기 굵어진 소리에 맞춰 푸 하고 한숨 쉬었을 것을 생각하니 내 마음도 이리 아프다는 걸 말 못하는 명자나무에게 까 보이고 싶은 시간입니다.

    명자나무의 인고 사이로 갑자기 아버지가 등장했습니다. 가뭄 때, 장마 때, 폭설 때, 쌀뒤주 비었을 때, 큰 아들 앞서 보낼 때, 명자나무처럼 누런 잎 감출 한숨을 몇 번이나 쉬셨을지 모를 아버지가 장감장감 걸어오셨습니다.

누렇게 실핏줄 드러낸 명자나무 잎을 쓰다듬는 오후
빗줄기에 천근의 짐을 벗고
숨 한번 쉬었을 명자나무를 스승으로 둔 오후
세상의 말 못할 이들에게 고개 숙이는 오후
오후란 그저 노을 지는 시간임을 알려주는 오후
그런 오후에 세상의 모든 것이 한 숨 쉬는 것으로
참고 또 참고 있었다는 것을 알게 된 오후
나만이 그렇게 살지 못하고 있음을
마른핏줄 드러낸 명자나무 잎사귀에 고개 숙인 오후
나 고개 숙여 보듬어 드리나이다

익어가다, 익어가다

　폭염과 싸움이라도 한 듯 붉은 고추들이 주렁주렁 달렸습니다. 태양에 맞서려면 이정도 얼굴은 해줘야 된다고 생각했는지 아니면 멋대로 돌아가는 세상에 화가 나 열을 받았는지 온통 새빨갛습니다. 무엇보다 단 한 번의 농약도 치지 않았음에도 잘 버티며 실하게 자라주는 것이 나를 향한 칭찬인 것 같아서 무척 행복합니다.

　"너무 붉어서 고추를 따다가 손이 데면 어찌할까 염려가 되는데요."라는 누군가의 시적 표현에 고추보다 더 붉게 소리를 내어 웃으며 고추를 땄습니다.

　"그 좋은 옷에 불붙으면 어쩌죠… 괜찮겠어요?"라는 말에도 "이참에 새 옷 한 벌 장만하죠."라는 응대가 즉각 인걸로 봐서 모두들 행복한 수확임이 분명합니다.

　호랑이보다 무서운 것이 곶감이라 하더니 곶감보다 무서운 것은 여러 사람의 손임이 분명합니다.

　혼자라면 한 나절도 부족했을 것을 30여 분 만에 고추는 물론 옥수수 수확까지 끝냈습니다.

　비 한 방울 내리지 않아 잎사귀마저 타들어가는 지경에서 고춧대에게 무수한 고추는 함께하기 버거운 짐이었을 텐데도 꼭 매달고 있었던 것을 보니 고춧대에게서 부모의 마음을 읽게 되는 시간이기도 합니다.

제 몸의 자식들을 홀가분하게 떠나보내고 바람에 흔들리거나 키를 키워서 흘러가는 구름이라도 슬쩍 건드려 보라고 응원해야겠습니다.

한 손 한 짐 만 털어도 살 것 같은데 수십 개의 고추를 달고 모진 여름을 견디고 있는 고춧대에게서 고추를 털어낸다는 건 어쩌면 미련과 기쁨의 교차점일지도 몰라 마음 같아선 시원한 빗줄기라도 온몸에 뿌려주고 싶지만 능력 밖의 일이니 송구할 따름입니다.

옥수수는 껍질 채 부대에 담아 냉장고에 보관하고 고추는 대나무 소반과 지난해 김장을 버무리던 도구에 담아 짱짱한 햇빛에 널었습니다. 고추를 마당에 널고 나니 시원한 빗줄기라도 뿌려주고 싶다는 생각은 오간데 없고 이렇게 며칠만이라도 쨍쨍하기를 은근히 기다립니다.

다들 더워서 죽겠다는데 고추 때문에 햇살 뜨겁기를 기대하니 고추를 따서 말리는 사람들의 마음이 모두 나와 같을 겁니다.

스스로 햇빛을 찾아 옮겨 다녔으면 하는 고추 간간히 스스로 몸 뒤집기를 바라는 농부의 마음자리에 서서 모종을 심던 지난봄을 돌아보는 건 고추를 널며 느끼는 만족감과 연결된 덤 같은 것이겠지요.

그래요, 고추가 어디 눈앞의 고추뿐이겠습니까? 고추 안에 온갖 세상이 다 담겨 있는 것이지요. 고추를 따고 너는 건 나를 따고 너는 것이고, 고추를 말리려고 볕에 널었다 해지면 거두어들이는 건, 나를 드러냈다 감추는 것 아니겠어요?

처음부터 붉은 고추가 어디 있나요. 인생처럼 익어가다 병들고, 익어가다 아작아작 씹혀지는 것이죠. 그러다 누군가 아, 하고 고추에 빠지면 그 소리 하나로 지난 시간 다 잊혀지는 것이죠. 그렇게 익어가다, 익어가다 스러지는 것이죠.

낙타와 말

사막을 건널 때는 낙타가 좋을까요? 말이 좋을까요?

'사막 경험이 많은 사람에겐 낙타가 좋고 초보자에겐 말이 좋다' 가 정답이랍니다.

낙타란 놈은 자기 목숨이 끊어질 때까지 조금의 내색도 없이 사막을 걷는다고 하네요. 그러다가 어느 순간 무릎을 확 꺾고 즉사해 버린다고 합니다. 하지만 말은 힘이 들면 힘든 내색을 하고 못 가겠으면 못 간다는 표현을 하는 놈이라 그 상태를 잘 조절하면 다루기가 쉽다는 거죠.

사막 횡단에는 물론 낙타가 최적의 수단이긴 해도 낙타의 이러한 습성을 모르는 사람에게는 난감한 일이 생기기 마련입니다.

말과 낙타를 통해서 우린 어쩌면 사막일 수도 있는 이 세상을 지혜롭게 사는 비법을 알 수 있지 않을까 상상해 봅니다. 수 천리를 걷고도 지친 내색을 않다가 어느 순간 숨을 놓아버리는 낙타와 자기가 지쳐가고 있음을 알려 주어서 앞으로 얼마나 더 갈 수 있을지 그리고 언제쯤 죽을 것인가를 가늠할 수 있도록 하는 말 사이에서 우린 어쩌면 사막과 같은 이 세상을 살아가다가 몇 번이나 말을 팔고 낙타를 사며, 낙타를 팔고 말을 사야 하는 걸까요?

우리에게 정작 필요한 것은 말과 낙타, 낙타와 말이 아니라 누구와 어디를 가야할지 얼마나 가야할지를 아는 내 자신이 아니겠습니까!

어디를 가기 위해서 있어야 하는 말이나 낙타가 아니라 어디든 가려고 할 때 생각이 나는 사람이 있다는 것 참 행복한 인생입니다.

거울 산

새벽 명상이 끝나면 어김없이 산을 오른다. 나를 깨우는 알람이 울릴 때만 해도 명상이 끝나면 쉬어야지 하지만 집에 돌아와 하는 일은 제일 먼저 이불을 개는 일이다.

자신이 누워 잠든 이불을 개는 것부터 명상이라는 생각을 가져 본 적이 있는가?

이불은 지난 시간의 마지막 흔적이고 이불을 갠다는 건 새로운 시간을 향하여 뚜벅 뚜벅 걸어가는 의지의 발걸음이다.

3주째 계속되는 아침 산행 덕분에 몸은 몰라보게 가벼워졌다. 그러나 부족한 잠과 쌓여가는 육체의 피로는 나를 극한 인내의 자리까지 몰아간다. 그럼에도 산행을 계속하는 이유는 단순하다. 산을 오를 때 듣게 되는 익숙하지 않은 거친 호흡 때문이다.

처음에는 건강, 아니 체중을 줄이자는 것이 목적이었지만 지금은 산을 오르며 뱉는 거친 호흡소리를 들으면서 털어내고 삼키고 지워야할 일들과 관계의 끈들을 정리하는 맛을 느껴가고 있다.

비 오듯 흐르는 땀을 식혀주는 건 오직 계곡을 타고 올라온 숨 가쁜 바람이고 진정한 휴식은 높은 곳에서 아래를 내려다

보는 무념의 눈동자뿐이라고 말하고 싶다.

오른 자만이 내려다 볼 수 있고 오르는 자만이 거친 숨소리의 의미를 안다.

산은 거울이다. 산은 언제나 남에게 보여주기 위해 옷을 갈아입는 모델의 런웨이와 같다. 어제 오른 길, 그제 오른 비탈이지만 그제가 어제가 아니고 더욱이 오늘도 아니다.

어제는 조급함으로 비쳐진 떡갈나무 잎의 흔들림이 오늘은 반갑다고 손짓하는 친구처럼 보이고 내 뺨에 옅은 생채기를 낸 풀이 오늘은 바람이 도착했음을 일러주는 전령사가 된다.

나처럼 일상 속에서 말을 많이 해야 하는 사람에게 산은 스승이다. 산은 쉽게 말하는 것을 조심스럽게 막고 많은 말은 사치일 수 있다고도 일러준다.

가빠지는 숨, 푸 하고 내뱉는 호흡 줄로 내 뱃속을 지배하고 있던 세상의 욕심들이 하나둘 빠져 나간다. 그래서 산은 속에 갇힌 나를 끄집어내는 두레박이고 선 자리에서 나를 반사하는 거울이 된다.

가을 만들기

　가을이란 언어의 색감은 겸손입니다. 열매를 달고 있으면 무엇 하나 고개를 숙이지 않는 것이 없어서죠.

　열매를 달지 않은 것이 고개를 숙였다면 부끄러워한다거나 자신 없어 그런다 하겠으나 가지가지 목마다에 한 해의 농사를 달고 있으니 성과를 드러내지 않으려는 그들만의 겸손으로 보는 것이 합당합니다.

　가을 언어의 메시지는 '너도 그리하라'입니다. 맺음에 대하여 부러워하는 이들에게 일러주는 가르침입니다.

　산을 오르면서 내려간다는 것을 미리 마음에 담아둔다는 어느 산악인의 말이 가슴에 남습니다. 그러니 열매들이 얼굴을 땅을 향해 두는 건 봄의 씨앗으로 다시 가야한다는 자신을 향한 채찍이라고 받아들입니다.

　이 가을에 거둘 것이 있어야 한다는 설교를 했지만 설교는 오름에 관한 것들 뿐 너도 그리해야 한다거나, 다시 온 곳으로의 회귀에 대해서 침묵했음이 부끄럽습니다.

　가을 만들기, 함께 만들기, 겸손하게 만들기를 통해 진정한 가을의 얼굴을 보고 싶은 가을입니다.

백운산의 덤

    백운산은 아내와 아이들의 학교가 있는 생일도를 품은 채 금일도를 내려다보고 있는 산입니다.

    7시 첫 배를 타고 강진 마량 포구에서 1시간 30분간 배에 몸을 뉘이면 닿는 섬 생일도 섬보다 먼저 눈에 들어오는 건 당긴 활시위처럼 생긴 백운산입니다.

    전남의 수백 개 섬들 산 가운데 두 번째로 높은 산이라는 백운산은 배에서 바라보면 제주도의 오름을 닮았습니다. 하지만 정작 산 아래에 서면 바다를 감쪽같이 감추고 오직 산만 있는 것처럼 보이도록 고집을 부리는 산이기도 합니다.

    섬에 있는 산을 오르는 건 정상에 서고 싶다는 것과는 많이 다릅니다. 저기 섬이 보일 뿐 눈을 가리는 그 어떤 것도 존재하지 않기에 산과 바다와 오르는 이가 하나라는 매력이 있습니다. 육지의 산은 오를 곳을 향해 걷지만 섬의 산은 꼭대기가 아니라 바다와 수평으로 걷는 기분을 들게 합니다. 그래서 정상에 서도 자신이 바다와 같은 높이로 서 있다는 착각에 빠지게 만들지요.

    4월의 백운산은 자신의 생일처럼 특별합니다. 오를 때마다 밟힐 듯 피어있는 이름 모를 꽃들과 사랑하는 님 앞에 한 아름 꺾어 들고 서있는 다발 같은 진달래, 산 아래에서 불어오는 바람으로 몸을 떨다가 제 몸의 비늘처럼 날리는 산 벚꽃 꽃잎들은 바다로 날아가 또 다른 섬이 되어 덕우도, 형제도, 고금도, 약산도, 금일도를 곁에 두었습니다.

하지만 백운산은 아직 속 것을 보여주지 않았습니다. 사람에 의해 난 길을 벗어나 백운산 몸 안으로 조금만 기웃거려도 쉽게 내어주는 향(香), 잠든 이의 영혼을 맑게 한다는 더덕의 향이 그것입니다.

나뭇가지로 땅을 들추고 검지와 엄지로 쑥 잡아 뽑은 더덕, 잎사귀를 한 움큼 뜯어 대충 몸통을 닦은 뒤 줄기를 조금 남긴 머리부터 천천히 씹으면 향은 입에서 코로, 눈과 머리를 거쳐 정수리까지 이르면 차분해진 나를 만나게 됩니다.

많이도 필요 없습니다. 욕심을 내는 순간 더덕은 제 향을 하늘로 날려 감추고 바다에 빠트려 버리기 때문이죠. 그저 바지 주머니가 불룩해질 정도면 됩니다. 삼겹살과 같이 먹어도 되고 밥솥에 넣으면 뚜껑을 여는 순간 온 집안을 백운산으로 만들기에 충분하니 말입니다.

이처럼 백운산은 어쩌다 오른 뜨내기에게조차 마음으로 품고 자신의 속 것까지 내어주는데 더덕은 백운산이 자신을 찾는 사람에게 전하는 덤일 뿐입니다.

백운산 임간도로를 터덕이며 내려오는데 학교를 파하고 집으로 향하는 아이들의 기운찬 목소리가 들립니다.

우리집 아이들이 오늘도 학교 친구들 대부분을 집으로 데리고 오는 모양입니다.

 아이들은 나를 보면 바람처럼 달려와 파도처럼 고개를 숙일 겁니다. 아침에도 그랬으니 지금 만나도 그럴 겁니다. 그러고 보니 백운산이 주는 덤에 더덕만이 아니라 구김 없고 욕심 없이 사는 아이들의 맑은 얼굴도 포함시켜야 할까 봅니다.

늦어도, 빨라도

대금을 배우는 중이다. 생각보다 더딘 성취에 "대금만큼 어려운 악기도 없을 것 같네요." 했더니 선생께서 말하기를 "자기의 습관을 버린 사람과 버리지 못한 사람의 차이일 뿐"이라고 한다.

초등학생들은 처음엔 늦는 것 같아도 얼마 지나지 않아 성인들보다 빠른 성취를 보이는 경우가 대부분이라면서 "순수하게 받아먹는 자와 자기 식대로 받아들이는 자와의 차이에서 오는 현상"이라 하니 참 쉬운 듯하면서도 어렵고 무섭다.

독학으로 대금을 접하기 시작한 나로서는 뼈아프게 들어야 할 가르침이다.

요즘은 입술의 자리와 기본음을 내는 훈련만 반복하고 있다. 곡을 연주할 정도까지는 되었지만 열 번을 불어 열 번의 소리가 같아야 비로소 소리를 보았다 말할 수 있다는 선생의 가르침 때문이다.

내가 대금을 배우는 걸 아는 사람들은 왜 어려운 대금을 배우려고 하느냐고 의아해 한다. 그럼 난 이렇게 대답한다. "난 전생에 대금 연주자였답니다."

대금의 기본소리가 이뤄지면 제일 먼저 아내 앞에서 연주를 하고 싶은 욕심이 나를 지탱하게 만드는 힘이라고 말하기에는 연식이 오래되었지만 오직 단 한 명의 청중이면 족하다는 마음마저 내려놓을 생각은 없다.

문득 이런 시구가 다가왔다.

늦어도 좋은 건, 남을 헐뜯는 말
빨라서 좋은 건, 남에게 건네는 밥
늦어도 좋은 건, 남에게 내려는 화
빨라서 좋은 건, 날 기다리는 사람에게 다가가는 발걸음

내 빨라진 발걸음이 대금을 들고 아내에게로 가는 길이었으면 참 좋겠다.

5.
Church & Faith

비 새는 예배당

　장맛비는 보는 이들로 하여금 무지갯빛 상념에 젖게 하는 매력이 있다. 세상으로 가장 사랑하는 것을 찾아 내려오다 제 몸을 그 사랑과 부딪쳐 산산이 쪼갠 후 흩어진 몸뚱이들을 다시 거두어 한 줄기 물로 떠나보내는 장맛비는, 시간과 관계 속에 갇혀 지내면서 자기를 잃어가는 우리들에게 편견 없이 전하는 응원의 박수소리로 들릴 때가 있기 때문이다.

　하지만 그저 "어, 비가 오네."로만 느껴진다면 유리창 넓은 공간에 서서 창을 타고 흘러내리는 장맛비를 바라보도록 하자. 열에 일곱 정도는 희미한 추억의 어느 자리로 들어가는 기분을 맛보게 될 것이다.

　이처럼 장맛비는 하늘에서 흘러내리는 물이 아니라 어딘가로 거슬러 올라가야 하는 숭어의 꼬리지느러미 같은 것이다.

　시간의 흐름이 앞으로 나아가기만 하는 것이라면 세월은 우리들의 삶에서 웃음을 빼앗아 가는 악마일 테지만 사랑하는 사람을 찾아 부딪치고 조각난 몸을 다시 거두어 옆으로도 흐르고 아래에서 위로 솟구치는 것이 장맛비의 진정한 얼굴임을 헤아릴 수만 있다면 비가 내리는 시간만이라도 아무것도 하지 않고 가만히 있기를 권하고 싶다. 그래서 낙수는 산다는 기쁨과 살아야 한다는 아픔을 동시에 느끼면서도 삶의 발걸음을 자박자박 재촉하고 있는 것인지도 모른다.

비 오는 오후, 작은 나의 공간에 잔뜩 웅크린 채 황토색 플라스틱 통 안으로 한 방울씩 떨어지는 낙수를 바라보고 있다. 처음엔 비 새는 예배당의 목사였으나 어느새 낙수는 진저리치게 아름다운 얼굴을 가진 연인 예수로 변하더니 한 방울에 한 사람의 얼굴을 스크린처럼 보여주며 함께 살아내야 할 사람들이라고 호명한다.

어쩌면 낙수로 인해 사랑하는 사람들의 얼굴까지 볼 수 있는 자리에 앉아있는 나야말로 세상에서 가장 행복한 사람일지 모른다.

아름다움은 아름다워서 그냥 아름답다고 하는 것이 아님을 그대는 아는가. 아름답기 때문에 아름다운 것이라면 어찌 캘커타 빈민굴의 마더 테레사가 아름다우며 뒤틀린 사지를 갖고 태어나 속 깊게 울음 한번 터트리지 못한 채 미혼모의 마른 젖을 빨며 힘겹게 호흡하는 생명을 향하여 아름답다 하겠는가.

장맛비 내리는 날 비 새는 예배당의 낙수가 아름다운 건 낙수로 인해 꿈틀대며 일어서는 사람들 때문이며, 그 사람들에게 무심코 한 말들이 메아리 되어 무뎌진 나의 책임감을 훑고 지나가기 때문이다. 그래서 장맛비 내리는 날 비 새는 예배당의 낙수는 낙수가 아니라 그리스도요, 사랑하는 사람들의 얼굴이요, 용기가 없어 시작하지 못하고 있는 일들의 꾸지람이다.

그러니 내가 살아 있음을 확인하려면 우리 장맛비 퍼붓는 날 비 새는 예배당으로 가자.

된다는 건

하나가 된다는 것은 하나에 하나가 더해져 커지거나 많아지는 것이 아니라 부족함과 넘쳐남이 어울려 이해의 사람이 되어가는 것입니다.

그리스도인이 된다는 것은 예수 잘 믿고 복 받아서 남보다 나은 사람이 된다는 것이 아니라 자신에게 엄격하고 이웃에게 너그러워 그리된 것이 예수 때문이라고 다른 사람들이 생각하게 만드는 것입니다.

함께 사는 사람이 된다는 것은 그 누구에게나 인정받고 살아야 되는 것이 아니라 참고 기다리는 것조차 감사로 알며 나의 모자람과 풍부함이 다른 이에겐 평범한 것일지라도 불평과 불만보다 애쓰고 노력하는 일상이 아침의 기도가 되고 기쁨 앞에 기쁨으로 슬픔 앞에 몰래 훔치는 눈물이 되고 헤어질 때 안녕이란 말보다 다시 만날 내일의 햇살이 되고 함께 살아가는 자의 뒷모습이 먼저 가신 어머니의 어깨선처럼 보이는 것입니다.

된다는 것과 되어야 한다는 것은 이룬 것이 아니라 이루려고 자신을 허무는 것이니 된다는 것은 되려고 하는 것 앞에서 무엇이 이루는 것인지 그분의 뜻을 묻는 겁니다.

새가 날아드는 교회

연일 계속되는 무더위에 새도 지쳤는지 열어놓은 교회 문을 통해 솔새 한 마리가 찾아들었습니다. 떼를 지어 몰려다니는 습성을 가진 솔새는 '째르짹 째르짹' 울다가 사람이 손을 뻗으면 닿을 거리까지 머무르다가 금방 옆의 나무와 풀숲으로 옮겨 다니는 속성을 지니고 있습니다.

눈망울이 얼마나 맑고 투명한지 세속의 때까지 들여다 볼 것 같습니다. 그런 솔새 한 마리가 무리를 벗어나 교회로 날아들었습니다. 학생회실 창문을 통해 들어온 것으로 봐서 철쭉과 장미 나무 사이에서 놀다가 열린 문의 유혹을 견디기 어려웠겠죠.

낯선 예배당을 날다가 여기저기에 몸을 부딪치고는 평평한 강대상에 앉아 놀란 가슴을 달랩니다. 틈을 이용해 손을 뻗어 잡았더니 앙증맞은 부리로 손을 쪼거나 깨물기도 합니다.

손힘에 의해 몸이라도 상할까 염려 되어 느슨하게 풀었더니 그 틈에 손을 벗어난 솔새는 다시 예배당을 갈지자로 날아다닙니다. 아니, 놀라서 갈팡질팡 한다는 말이 옳을 것 같습니다.

십자가 끝에 매달려 버둥거리는 것이 안쓰러워 예배당의 모든 창문을 활짝 열어주었습니다. 가슴이 진정되면 가족과 친구들을 찾아갈 겁니다. 그리고 친구들에게 자신이 조금 전에 겪은 일들을 무용담(武勇談) 삼아 이야기 하겠지요.

"무시무시한 악마 같았어. 놈의 손은 마치 매의 발톱보다 강했고, 크기는 갈잎의 두 배쯤 되었을 거야. 하지만 난 포기하지 않았어. 내게는 기다리는 가족과 친구들이 있었으니까. 그래서 그놈의 손을 있는 힘을 다해 공격했지. 그랬더니 내 공격에 두려웠던 지 잡은 손을 쫙 벌리지 않겠어. 난 이때다 싶어 필사적으로 하늘로 솟구쳐서 하얀 칠이 칠해진 가장 높은 곳으로 날아올랐어. 마침 작은 틈이 보이더라고 난 그곳에 죽을 힘을 다해 매달렸어. 놈은 나를 한동안 올려다보고는 더 이상 나를 어쩔 수 없는 듯 무어라 지껄이며 나가버리는 거야. 난 그곳에서 한 참을 더 머물다가 놈이 없는 틈을 타서 탈출을 감행했지."

　새가 날아드는 교회, 교회 잠입(潛入)기를 무용담처럼 쏟아낼지도 모를 새조차 편안하게 쉬어가는 교회 이런 교회에 다니는 사람들만이라도 행복했으면 좋겠습니다.

시가 된 기도

좋은 일을 같이 하자는 사람이 참 좋다. 그가 내 맘에 들거나 호감 가는 사람이 아닐지라도 좋은 일을 같이 하자는 순간 그 사람 앞에만 서면 무장해제가 된다.

그런데 서로가 서로를 위한 기도를 하자고 누군가 말했다. 고개를 들거나 돌아보지 않아도 난 그가 좋은 사람이라는 것을 안다. 기도는 시(詩)이기에 기도로 시에 관해서 적어보는 것도 괜찮다는 생각이 들었다.

기도는 참 좋다
기도로 욕을 할 수 있는 사람이 없어서
기도로 저주할 사람이 없어서

기도는 참 좋은데
기도를 하자는데 반응이 없다는 건
기도보다 더 큰 무게에 짓눌려 있다는 것
누구보다 기도가 필요한 사람이라는 것
기도하자고 하는 것보다
그를 위해 드리는 기도가 반응이라는 것

이것을 눈치 채는 것이 기도라는 것

기도를 하자는 건
내 기도를 조금만 들어달라는 것뿐인데
듣고서 조금만 기도로 되돌려 달라는 것인데
반응이 없다는 건 시동을 걸려고 연료를 준비하고 있다는 것

기도가 저만치 가고 있다
토라질 대로 토라진 새악시 옷고름처럼
빌고 또 빌어도 내쳐질 관계처럼
기도가 저만치 가고 있다

기도를 불러 세울 수 있는 건
기도밖에 없다는 것을 기도는 알고 있었다

믿음과 신념 사이에서

경북 김천에 있는 성당과 사찰에 들어가 성모상과 불상을 부수며 난동을 부린 60대 남성 A씨가 현장에서 붙잡혔다는 기사를 보았다. 이 사람은 사건 현장에서 본인이 개신교인이라고 말했으며 수사 과정에서도 '신의 계시를 받아서 한 행동이다' 라고 진술한 것으로 알려졌다.

"내가 천주교, 불교 다 다녀 보았는데 교회가 최고더라."며 "우상을 따르는 성당과 절은 모두 없어져야 한다. 처음에는 불을 지르려고 했는데 참았다."고 경찰에게 말했다는 것이다. 게다가 "개신교인으로서 종교적 신념에 의한 행동이라고 했다"고 수사경찰은 전했다.

'종교적 신념에 의한 행동?' 현대 그리스도인들은 '믿음'과 '신념'을 동일시하는 경향이 두드러진다. 하지만 믿음과 신념은 너무 다른 얼굴을 지니고 있음을 그들이 모르기 때문이다.

'믿음'의 주체는 하느님이다. 그러나 '신념'의 주체는 '나'라는 점에서 확연한 차이를 갖는다. 내가 주체가 되는 것이 어찌 신앙이며 자기가 자기를 믿는 것을 누가 믿음이라고 말하는가? A씨는 자신의 행동을 '종교적 신념에 의해 벌인 일'이라고 말했다. 자신이 주체가 되는 종교는 종교가 아니기에 그래서 이 사람의 신념은 믿음이 아닌 것이다.

우린 위와 같은 사람을 보면 혀를 차는 것으로 자신의 뜻을 전달하곤 한다. 지나치거나 과격한 행동에 관한 반응이다. 하지만 믿음을 가진 사람들 중에서 믿음과 신념을 동일시하는 잘못을 범하는 사람들이 엄청나게 많다는 사실로만 보자면 우리 또한 동일한 오류에 결코 자유로울 수 없음을 알아야 한다.

신념은 깊어지면 깊어질수록 딱딱(단단)해지는 속성이 있다. 그런데 믿음은 깊어지면 깊어질수록 부드러워진다. 딱딱해진 곳에는 생명이 움트기 어렵다. 돌짝밭에 떨어진 씨앗에 관한 성경의 비유를 단지 열매를 수확하는 산술적 개념으로 이해하는 한 신념과 믿음은 동일화 될 것이 분명하다.

난 신념을 전하는 사람이 아니다. 오직 믿음을 전하는 사람이다. 그래서 내 주변 사람들의 몸과 마음이 부드러워지기를 그곳에서 생명이 움터 오르길 소망한다.

줄넘기 없는 복싱

집에서 자동차 전용도로를 타고 시내로 진입하는 첫 사거리에 건들대는 현수막 하나가 눈에 들어왔다.

'줄넘기 없는 복싱'

헝그리 운동의 대명사로 불리던 복싱, 복싱하면 당연하게 떠오르는 건 현란한 스텝의 줄넘기와 원수처럼 쳐대던 샌드백이 아니던가. 그랬던 줄넘기가 복싱에서조차 퇴출되었음을 알리는 현수막을 보는 순간 만감이 교차했다.

그래, 꼭 복싱체육관에서 선수만을 키울 필요는 없지, 줄넘기 없다고 복싱을 배우지 못하는 건 아니지, 줄넘기가 홍수환을 만들었나? 장정구를 만들었겠어? 주먹이 만든 거지.

다음 사거리 신호등 앞에 설 때까지 자위 아닌 자위로 줄넘기 없는 복싱의 초라함을 털어내려고 애꿎은 운전대만 악력기처럼 쥐었음에도 '줄넘기 없는 복싱'이란 글귀가 떠나지 않았다.

지금 우리들 세상에는 줄넘기 없는 복싱처럼 변해가는 것들이 참 많다. 변해 가는 것이 꼭 나쁜 것은 아니지만 변하지 않았으면 하는 것조차 시대의 흐름에 휩쓸려 가는 것 같아 안타까울 뿐이다.

사랑 없는 교회 행동 없는 사랑은 또 어떤가. 사랑하기 위해 힘이 있어야 한다는 설교가 줄넘기 없는 복싱과 다르지 않다고 생각이 드는 이유는 무엇일까?

예수는 단 한 번도 힘을 가지라고 우리에게 말한 적이 없다. 게다가 사랑하기 위해선 힘이 있어야 한다고도 하지 않았다. 오히려 힘은 사랑의 반대편에 서 있다. 하지만 수많은 교회의 설교 안에는 사랑하기 위해선 힘이 필요하고 힘을 가져야만 사랑을 할 수 있다고 부르짖는다.

예수의 정신과 틀린 것을 통하여 예수의 뜻을 이룬다는 것인데 예수께서 좋아하실지 무척 궁금하다.

복싱체육관에 글러브 대신 파리채가 널브러져 있는 것도 안타깝지만 줄넘기 없는 복싱이라는 문구로 복싱은 결코 힘든 운동이 아니라는 유혹도 그리 유쾌하지만은 않다.

복싱을 배우는 과정에서 가장 힘들다는 줄넘기, 물론 힘든 과정을 다른 것으로 대체해도 비슷한 효과를 얻을 수는 있을 것이다. 그러나 힘들지 않고 얻은 것 중에 지금까지 우리들을 감동시킨 것이 얼마나 있는가에 대해선 숙고할 일이다.

'줄넘기 없는 복싱'을 홍보하는 현수막처럼 '사랑 없어도 되는 교회'라는 현수막을 길거리에서 보게 될까 걱정이다.

편지가 된 강낭콩

　가만가만 걸어도 땀이 흐르는 날씨에 땅바닥만 쳐다보다가 돌아온 오후, 교회 입구에 앉아 망중한을 즐기던 고양이 한 마리는 화들짝 놀라 지친 다리 사이로 달아나고 누군가 전봇대에 목줄을 채워 놓은 자전거조차 땀을 흘리고 있었다. 하지만 교회 입구에 이르면 습관처럼 열어보는 우체통에 대한 기대감 때문에 처친 몸과 마음도 뒷전이 된다.

　올 편지가 많아서도 기다리는 편지가 있어서도 아니다. 다만 우체통답지 않게 금고 같은 두꺼운 철제로 만들어진 우편함이 주는 매력 때문이다.

　어떤 종류의 편지가 담길까? 저 우체통에 앉아 있는 편지에는 어떤 이야기들이 들어있을까? 하는 호기심은 나를 동화 속 소년 내지는 실험실 학생으로 몰아가고도 남는다.

　우체통을 열면 오래된 자동차의 문을 여는 느낌이 든다. 팔뚝에 드러난 힘줄을 보는 것만으로도 입가에 웃음이 돈다. 문보다 무거운 사연들이 담기지 않기를 기도하는 것도 철제 통 같은 우체통을 만나고부터 생긴 습관이다.

　고양이가 다리 사이로 지나간 그 날도 어김없이 보랏빛 철제 우체통을 습관처럼 열었다. 젓갈 구매를 알리는 전단지 요한계시록의 비밀을 알려준다는 야릇한 편지 말고는 우체통은 의외로 깨끗했다. 다만 검은 비닐봉지가 무언가를 담고 누워있었다.

어른 손으로 서너 움큼 분량의 강낭콩이 담긴 비닐봉지, 강낭콩도 편지가 된다는 것을 안 순간이었다. 누가 강낭콩으로 편지를 쓴 것일까?

우리 집 우체통이 왜 철제로 만들어졌는지를 알려준 강낭콩 편지. "그래 우편함이라고 종이로 된 편지만 담겨있으리란 법 있어? 편지 속에 보내는 이의 마음이 담겨있듯 우체통에도 보내는 이의 마음이 담기면 그만이지."

강낭콩이 담긴 비닐봉지를 편지를 뜯듯 소중히 열어 사랑하는 이가 보낸 편지를 읽듯 강낭콩이 든 비닐봉지를 가슴에 안았다. 강낭콩은 그렇게 사연을 품은 편지로 다가왔다.

우리 집 우편함이 철제로 된 이유, 그건 편지만이 아니라 세상의 모든 이야기와 마음들을 배달 받기 위해서였음을 알게 된 오후다.

난 내일도 자동차 문 같은 우체통을 열 것이다. 비어있으면 기도로 채울 것이다. 편지가 들어 있으면 가슴에 안을 것이다. 강낭콩을 세듯 누군가가 보낸 사랑을 받고 세어서 담아둘 것이다.

천 날이 가도 삭지 않을 철제 우체통에서 아름다운 마음들이 쌓여 간다.

낮에는 이글거리는 태양을 편지 대신 뜨겁게 담고 밤에는 반짝이는 별빛을 눈물처럼 담아둘 우체통 안에 가만히 들어앉아 있는 꿈을 꾼다.

증 명

　내가 목사라고 했더니 증명해 보이라고 한다. 말을 듣고 나니 정신이 멍해졌다. 내 지갑 속엔 주민등록증, 운전면허증, 장기 기증 등록증은 있지만 목사라는 증명서는 없기 때문이다. 그런데 증명할 수 없는 것이 어디 목사뿐이겠는가.

　난 내가 목사라는 걸 증명하려고 한 기억이 없다. 스스로도 목사였고 주변 사람들도 그렇게 알고 있기 때문이었다. 하지만 이제부터라도 내가 목사임을 증명하는 무언가가 있을 필요가 있다는 생각이 들었다.

　어느 누구에게 자신을 증명해 보이려고 애쓰거나 인정받으려고 많은 것을 낭비할 필요는 없다. 그러나 세상이 건넨 신분증이 아니라 사람들이 삶에서 건네준 인증서 정도는 필요하겠다는 생각이 들자 갑자기 내가 목사임을 무엇으로 증명하지? 라는 의문이 들었다.

　40일 동안 광야에서 금식한 예수에게 한 존재가 찾아와 너를 증명해 보일 수 있냐고 물었다. 그런데 예수는 그럴 필요 없다며 그 존재를 쫓아 냈다. 누군가에게 자신을 증명해 보이려고 애쓰는 것보다 진정 자신의 존재를 사랑하고 인정하는 것이 훨씬 소중하다는 것을 가르쳐 주신 것이다.

우린 남에게 나를 증명시키기 위해 살지 않는다. 자기를 깨달아 자기에게 주어진 시간들을 사는 것이야말로 자기를 증명하는 것이기 때문이다. 그러나 자신을 증명해 보이려고 혈안이 된 사람들로 세상은 넘쳐난다. 차지도 않은 것을 흔들어 넘치게 보이려는 시대의 풍조 때문이다.

　"자신의 가치를 분별하지 못하는 사람과는 함께 떡을 떼지 말라"던 이천 년 전 유대의 한 젊은이의 가르침이 스멀스멀 피어오른다.

　누군가에게 자기를 증명하려고 투자하는 모든 것들 대신에 자신의 존재를 찾아가는 것에 집중하면 좋겠다는 생각이 순식간에 침범했다.

　목사임을 증명할 수 있냐는 사람 때문에 돌아보게 된 나에게 "함께 밥 먹을래?"라고 묻는 한 젊은이가 다가오고 있었다.

똥의 진리

　동물들의 본능 중 가장 원초적인 것은 자신의 배설물을 꼭 다시 확인하고 그것을 처리한다는 것이다. 인간도 이런 면에선 여실히 동물적 본능을 드러낸다. 아니 오히려 더할지도 모른다. 개개인에 따라 조금씩 다르긴 하겠지만 배설에 대한 확인은 자신이 살아있음에 대한 감격(?)스런 행위이다.

　배설한다는 것은 살아있다는 것이고 더 나아가 자신의 건강을 확인시키는 행동이기도 하다. 배설이 동물들에겐 소화나 영역표시나 의사소통의 부분으로 쓰이는 것에 국한되지만 인간은 배설을 단지 분비물을 배출하는 행위로서만이 아니라 인간 내적의 자기 갱신이나 고백으로 쓰일 때가 많다.

　짐승은 고민하지 않는다. 고민을 담아 놓을 구조가 없어서다. 그러나 인간은 무한정한 고민과 생각을 몸속에 담아둔다. 그래서 죽기까지 고민하고 지은 죄에 대하여 회개의 눈물도 흘린다.

　예수는 우리에게 배설의 진수를 "수고하고 무거운 짐을 진 사람들아 다 내게로 오라."는 성서 말씀을 통해 일러주고 있는데 몸과 마음의 구석구석에 매달아 놓은 고민과 걱정 모두 다 배설하라는 것으로 이해하면 된다.

오늘날 현대인의 병 중 가장 무서운 것이 정신병, 즉 스트레스에서 오는 것이라고들 한다. 임금님의 귀가 당나귀 귀였음을 안 이발사는 고민을 갈대 숲 땅 구덩이에다 배설함으로 평화를 얻었고, 갈대의 노래는 임금의 고민을 배설시킴으로 치유했다.

동물이 배설로 몸의 성장과 건강을 유지한다면 인간은 배설로 영육의 양면을 조절한다. 단 배설이 생리현상만이 아니라 내적인 자기고백과 회개로 이어질 때, 그 빛을 발한다는 것이다.

신앙자는 하느님의 가르침 앞에서 겸허하게 배설하는 자이다. 그렇게 해서 기쁨을 얻는다. 또 배설은 진실을 얻겠다는 인간의 가장 적극적인 행동이다. 자기를 감추는 것은 피곤하다. 처세일 수는 있어도 영원하지 않다. 그래서 배설하는 자를 이해하고 사랑하는 건 지극히 당연한 일이다. 하지만 지금은 적당한 포장과 위선이 통하는 시대여서 배설도 미화된다.

나를 이끌어준 어느 목사의 이야기를 옮겨본다.

"사랑하고 이해한다는 것은 자신을 개방하는 일이야. 자신을 열면 수많은 갈등이 바닥부터 치고 올라오지. 받아야 할 것 같은 대우, 지켜내야 할 것 같은 권위, 타인으로부터 받는 인정이나 다른 사람들로부터 자신을 보호하는 수단으로 쓰는 위엄 등. 하지만 예수의 정신을 실천하는 일에는 필요 없는 것들만이 아니라 없애야 할 악이야. 이런 것들은 단지 세상에서 잘 살기 위해 나 자신만을 위한 도구일 뿐이니까. 한 번 자신을 열었으면 자기 스스로 닫으려고 하지 말게 그러면 열기 이전보다 더 형편없는 존재가 되네. 자기를 개방해서 오는 어려움은 자신이 극복하고 건너야할 강이지 않겠는가."

우린 오늘도 배설하며 산다. 제대로 배설하지 못하는 사람들과 밥을 같이 먹지 않는 것도 수양의 일부분이라고 말한다면 믿겠는가?

화가로 살기

아이들이 놀면서 주고받는 대화를 듣다 보면 뜻밖의 중요한 사실을 깨달을 때가 있다. 그것은 아이들이 가정에서 듣는 부모의 말투나 행동을 그대로 흉내 내기 때문이다. 아이들은 자아의 성숙으로 인해 자유의지를 올바로 이해하게 되기 전까지는 보고 들은 대로 행동한다.

'벤 자이어 복서'의 「생명과 사랑의 선물」이란 책 속에도 그런 이야기가 담겨있다.

"한 사람이 이 그림을 그리는데 얼마나 걸렸습니까?" 하고 물었다. 화가는 잠시 주저하다가 자신의 나이를 계산하고는 "36년이 걸렸습니다."라고 대답했다.

그림을 그리는데 걸린 시간은 화판에 붓으로 물감을 칠하는데 소요된 시간만으로 계산할 수 있는 것이 아니기 때문이다. 그리는 자의 경험, 삶의 모습 하나 하나가 모아진 것이며 온갖 노력의 마지막 결정체인 것이기 때문이다. 그러므로 우리가 지금 하는 행동, 미움과 사랑, 무수하게 쏟아내는 말들은 모두 우리의 온 생애에 걸친 작품이기 때문이다.

사람들은 자신의 사상, 신앙의 양태, 삶의 스타일에 따라 살아가게 마련이다. 그래서 자기를 기준에 둔 것으로 인해 상처를 받으며 상처를 입히며 살아간다. 이 모두는 생각과 삶의 방식이 은연중 고정되어 있기 때문이다. 그런데 이 고정된 삶의 양태를 벗어나려고 몸부림치는 사람들이 있다. 이런 사람들을 우린 타자적 인간이라 부른다.

타자적 인간을 많이 볼 수 있는 집단으로 종교인들을 꼽을 수 있겠다. 성숙한 종교는 그 중심에 나를 넘어선 타자가 늘 자리하기 때문이다. 오직 나의 즐거움과 만족만을 위해 산다면 타자적 인간이 아니라 이기적 인간일 것이다.

타자적 인간은 내가 중심이 아니라 공동체가 중심이 되어 살려고 하는 특징을 지니고 있다. 하지만 대분의 종교가 이 사실을 상실하거나 간과한다.

신앙인이면서 힘을 앞세우는 현실, 힘이 있어야 사랑할 수 있고 그래야 행복한 삶을 살 수 있다는 수준에서 그저 더하기와 빼기만 하고 있을 뿐이다.

우리 각자는 평생에 걸쳐 그려가는 그림이 있다. 지금까지 그려진 그림만으로 누군가를 평가하려는 세태 속에서 내일과 살지 않은 시간들에 의해 그려질 그림들이 있음을 믿도록 하자. 봄꽃을 보고 마음이 편해지는 까닭은 봄꽃의 마음으로 보기 때문이요 자식을 보며 희망을 갖는 까닭은 자식의 눈으로 자식을 보기 때문이니 내 눈만이 아닌 다른 존재들의 눈으로 내 인생의 그림을 그리는 화가로 사는 것과 지금까지 그려진 그림만이 아니라 앞으로 그려질 그림까지를 더해 누군가를 바라보는 사람으로 살기를 욕심내어 본다.

휴지와 목장갑을 넣어주는 주유소

여행길에 동행자가 있다면 행복입니다. 하지만 혼자 하는 여행길에 누군가를 만날 수 있다면, 그 또한 커다란 행복입니다.

이른 새벽 바다가 보고 싶어서 무작정 바다가 있는 쪽으로 차를 몰았습니다. 바다 내음이 전해짐과 동시에 자동차의 기름이 부족하다는 표시등이 깜빡거렸습니다. 새벽에 어디서 기름을 구할 수 있을까 염려하는데 바닷가 근처 불을 밝힌 주유소의 주유기 곁에서 한 남자가 정승처럼 서 있었습니다. 아마 나와 같은 이유로 새벽 바다를 찾은 사람의 자동차에 기름을 채워주고 막 돌아서는 사람일 겁니다.

초조했던 마음을 풀어준 사람이기에 따뜻한 아침 인사라도 먼저 건네는 것이 옳다고 속마음은 다그치는데도 낯선 타지의 방문객임을 드러내는 상투적인 말이 먼저 터져 나왔습니다.
"가득 주세요."

뱉은 말을 거두어들일 수 없어 겸연쩍어 하는 나에게 사내는 나와는 사뭇 다른 느낌으로 물어 왔습니다.
"들꽃 교회가 어디에 있나요?"
"전주 근처에 있습니다."
"자유, 회복, 상생이라는 교회의 표어가 좋습니다. 교회의 모습을 보는 것 같네요"

"감사합니다. 그리 살지는 못하지만 살려고 애쓰고 있는 중입니다."

"목사님이신가요? 목사님의 말씀 중에 들꽃 교회가 어떤 교회인지 알 것 같습니다. 제가 도와 드릴 것은 없고 이거라도 받으신다면…"

사내는 주유를 하면서 승합차에 새겨진 글씨를 보았나 봅니다. 그리고는 기름을 넣는 사람들에게 사은품으로 주는 휴지와 장갑을 넉넉하게 챙겨 준 겁니다.

"달랑거리는 기름을 가득 채울 수 있도록 이른 새벽에 문을 여신 것만으로도 충분한 걸요."

못나도 아주 못난 내가 휴지와 장갑을 주고 뒤돌아가는 남자에게 이마저도 꿀꺽 삼킨 말로 독백한 감사의 언어였습니다.

여행을 하다 만나는 사람으로부터 얻게 되는 기쁨이 있다지만 그날 새벽 우연한 장소에서 만난 사람으로부터 행복이 목구멍까지 차오르는 것을 경험했습니다.

비록 스쳐가는 말이었거나 평범한 휴지와 목장갑이었다 할지라도 그것이 가져다 준 느낌은 불쑥 찾은 새벽의 바다 그 이상이었음을 고백합니다.

어느 날 갑자기 바다가 그리워지면 일부러 연료가 부족한 차를 끌고 이른 새벽에 만난 그 주유소로 가서 써도 써도 닳지 않은 휴지와 목장갑을 기다릴 겁니다.

자기 사랑

　이 세상에서 가장 큰 사랑은 자기사랑이다. 자기를 사랑하지 않는 사람은 남을 사랑할 수도 사물을 사랑할 수도 없다. 자기 스스로 가치 있는 존재임을 느끼고 필요한 것과 원하는 것을 주장할 수 있을 때 자신이 노력하여 얻은 결과들을 즐길 수 있는 권리를 갖게 되는 것이며 또 스스로 행복해 질 수 있기 때문이다.

　주변을 돌아보면 자신을 존중하거나 사랑하며 살지 못하는 사람들이 의외로 많다는 것을 알게 된다. 이런 사람들의 공통점은 항상 자신을 남과 비교하는 습성을 갖고 있다는 것이다. 비교 습관은 자기 존중감의 부재(不在)이거나 자기사랑의 서투름에서 오는 현상이다.

　자기 존중감의 시작은 자신이 남보다 낫다는 우월심리를 벗는 것으로부터 시작한다. 자기존중감은 자신의 실존 즉 자신의 현재를 인정하는 것이다. 자신의 현재가 잘났거나 못났거나 있는 그대로의 자신을 인정할 때 비로소 형성될 수 있다.

　자기존중이 부족한 사람은 늘 현재나 미래의 자신을 말하지 않고 과거의 자신을 추억이라는 틀에 가둬두고 말하는 속성을 지닌다. 그런 사람과 대화를 나누다 보면 그 사람의 과거 이야기만을 듣게 된다. 이런 사람에게 어찌 내일의 희망을 발견할 수 있겠는가?

이런 사람들이 있는 공동체는 더디게 성장하거나 분열 될 수도 있다. 정박해 있던 배가 항해를 하기 위해 육지와 연결된 줄을 거두어야 하듯 과거에 얽매인 줄을 끊어내지 못하는 사람과 함께 한다는 건 배가 출항할 수 없는 것과 같다. 그래서 과거를 자랑하는 사람은 허황되게 미래를 꿈꾸는 사람보다 엉망이라는 것을 알아야 한다.

자신을 존중하고 자기를 사랑하자. 과거를 추억하기보다 지금에 집중하자. 자기 존중의 힘은 자기 곁에 있는 사람들에게 전염병처럼 번질 것이니 남이 아니라 나로부터 시작하는 자기 사랑은, 외출을 하려면 옷을 갈아입는 것과 같은 이치이다.

나는 나를 사랑한다, 사랑해야 한다, 사랑할 것이다.

지치게 하는 사람

1. 너무 쉽게 약속하고, 너무 쉽게 약속을 저버리는 사람
2. 건강을 위해 물구나무서기는 해도 생각의 물구나무는 절대 하지 않는 사람
3. 1년이 가고 2년 3년이 가도 도무지 내(우리) 사람이라는 생각이 들지 않는 사람
4. 남과 비교하기만 하고 자기 삶의 주관이나 철학은 없는 사람
5. 욕심으로 인하여 공동체나 대중의 분위기를 망치는 사람
6. 자기 처지와 형편을 너무 몰라준다, 사랑이 부족하다, 불평하며 정작 다른 사람의 아픔 앞에서는 무관심한 사람
7. 돈을 써야 할 곳조차 쓰지 않으면서 돈에 집착하는 사람
8. 이것도 저것도 아니면서 되는 것도 없고 된다고 말도 하지 않는 사람
9. 자신에게 이익이 없는 일에 있어서는 언제나 무관심한 사람
10. 생겨 먹은 대로 사는 사람
11. 도무지 연구, 노력, 공부에는 취미가 없는 사람
12. 매사에 너무 계산적인 사람

13. 작은 일에는 민감하나 큰 일에는 둔감한 사람
14. 아내(남편)와 자식에게만큼은 유난히 엄한 사람
15. 가까운 사람에게는 함부로 하면서도 타인이나 힘 있는 사람에게는 유난히 저자세인 사람
16. 삶의 원칙을 상황에 따라 바꾸고 즉흥적인 행동을 즐겨하는 사람
17. 다른 사람의 말을 부풀리거나 축소하여 전달하기를 좋아하는 사람
18. 무슨 일을 맡기면 항상 뒷일을 확인해야 안심이 되는 사람
19. 말은 풍성하나 생활에는 무능력한 사람
20. 사소한 일에 자주 화를 내는 사람
21. 자신보다 약자에게는 언제나 하대를 하면서 권위를 내세우는 사람
22. 시간 약속에 늘 늦으며, 약속 직전에 이유를 대고 어기는 사람
23. 자기 말과 칭찬을 자주 앞세우는 사람
24. 남의 처지와 입장 앞에서는 냉정한 사람
25. 사소한 것을 가지고 논리와 원칙을 내세우는 사람

남을 지치게 한다는 건 자기도 지친다는 말의 다른 표현임을 기억하자. 내가 어느 순간 이런 사람이 되고 있음을 염려하여 경보 장치 하나쯤 달아두도록 하자.

곳곳마다 선생님

불가(佛家)에 전해지는 이야기 한 토막.

"어느 큰스님, 대웅전에서 불공 중 설법을 전하시다가 갑자기 일어나셔서 대웅전 뜰 앞 석등에 대고 오줌을 누시는 겁니다. 이를 본 스님들과 불자들이 깜짝 놀라며 큰스님이 노망이 드신 것이라고 웅성대는데 큰스님 일갈(一喝) 하시기를, 이놈들 누가 나의 오줌 싸는 것을 보고 흉들 보느냐 법당 안에서는 스님이요 불자이다가 법당만 벗어나면 세상 몹쓸 놈들처럼 사는 네놈들이 흉악한 놈들이 아니더냐. 부처님 말씀하시기를 처처불국토(處處佛國土)라 하셨거늘. 곳곳마다 부처님 땅인데 대웅전 앞 석등에 오줌 싸는 것은 불경한 짓이고 뒷간에다 싸면 괜찮은 것이란 말이더냐? 법당 안에서는 너희만한 부처가 또 어디 있을까마는 법당 밖에서는 너희만큼 추잡한 놈들도 또 없구나."

이 이야기는 믿음의 도를 좇는 사람이라면 어디에 있든 무슨 일을 하든 자신의 본분을 지켜 행할 때 그릇됨이 없어야 한다는 큰스님의 가르침이었습니다.

예수께서도 누가 보든 안 보든 늘 믿음의 정도를 걸으며 좌

로나 우로도 치우치지 않고 항상 심중에 주의 신(神)을 담아 생활하라 가르치셨으니 세상 모든 것이 어찌 나의 선생님이지 않겠습니까.

지난 수요일 K 님께서 이렇게 기도하시더군요. "자식도 주님께서 이 땅에 사는 동안 내게 잠깐 맡겨두신 것인데 내 뜻대로 하려한 잘못을 깨닫게 하시니 감사드립니다."

우린 자식에게서도 선생님을 만납니다. 교우에게서 목사도 보이고 세상의 모든 인연과 관계와 일들 속에서도 스승을 만납니다. 절대로 세상 때문에 내가 잘못되었다고 말할 수 없음이 여기에 있으니 곳곳이 선생님이기 때문입니다. 하지만 우리는 그 수많은 선생님들에게서 정작 배우는 것이 하나도 없는 것처럼 생활하는 것이 문제입니다. 곳곳이 선생님인 세상에서 오늘은 나도 누군가의 제자가 되기를 기대합니다.

농부 하나님

저녁에 물을 주려고 했더니 앞 논 할아버지께서 물을 주면 안 된다고 막으셨습니다. 저녁에 물을 주면 뿌리가 떠서 죽는다는 것이 그 이유입니다. 아침저녁 지극정성으로 작물에 물을 줘온 나로서는 당황스럽지 않을 수 없었습니다. 그래서 잘 자라지 않는 것일까? 하는 의문을 넘어 죄책감마저 들었습니다.

알타리무의 새싹은 앙증맞게 고개를 디밀고 상추와 치커리도 싹을 틔웠습니다. 잎이 한층 넓어진 배추는 손바닥만으로 가리기에는 부족합니다. 그래도 개중에는 잘 자란 것과 그렇지 못한 것이 눈에 띕니다. 같은 모종, 같은 날 심었는데 왜 그럴까? 하는 의문이 풀린 건 조심스레 물을 주면서 알게 되었습니다.

같은 조건일지라도 뿌리를 땅 속 깊이 내리지 못한 작물은 잘 자라지 못한다는 깨달음이 그것입니다. 식물의 생명은 뿌리에 있습니다. 잎이나 가지로 공급받는 건 햇빛과 공기뿐입니다. 따라서 뿌리의 건강함은 식물전체의 건강을 만드는 가장 중요한 부분이죠. 그러니 뿌리가 땅에 온전히 착생한 작물이 잘 자라는 것은 너무도 당연한 결과입니다.

작물에 물을 주다가 문득 나의 뿌리는 어디에 있을까? 하는 의문을 가졌습니다.

우리는 삶을 위하여 어디에든 뿌리를 내리며 살아야 합니다. 따라서 뿌리가 사랑에 있다면 진정 사랑하는 사람이라 불릴 것이고 건강에 뿌리를 내리고 있다면 사람들은 건강하다 할 것입니다. 오늘도 무와 배추에게 물을 주면서 뿌리를 땅에 온전하게 내리도록 애쓰라는 기도를 해주었습니다.

어느 교회에 갔다가 '하느님은 농부이십니다.'라는 글귀를 보았는데 정말 가슴에 박히는 글이었습니다. 하느님이 노동자라는 교회 하느님이 정치가라는 문구도 보고 싶어졌습니다. 난 짬짬이 풀을 뽑고 밭을 돌보면서 돈을 주고도 배우지 못하는 것들을 배우는 학생이라는 마음을 갖습니다. 그랬더니 예수님께서 비유로 말씀하신 '씨 뿌리는 자의 가르침'이 지금처럼 쉽게 이해되기는 처음입니다.

어쩌면 내가 전문 농사꾼이 되는 날, 지금과 같은 깨달음들은 사라지고 일상의 생활로 돌아갈지 모릅니다. 하지만 개의치 않고 초보 농사꾼의 기쁨을 누리고 싶습니다.

부드러운 밭이어야 무와 배추는 뿌리를 깊게 내릴 겁니다. 그래서 주님은 부드러운 밭이 되라고 가르치셨던 것이겠지요.

나의 깨달음이 누군가에게 부드러운 땅이 되는 도구이기를 소망합니다. 그래서 땅에 뿌리를 깊이 내리는 사람들을 쉽게 만나면 좋겠습니다.

늦가을의 어느 날, 가을 은행잎 색깔로 염색한 배추에 된장을 얹고 노릇노릇하게 구워진 삼겹살을 풍성히 올려 입이 찢어지도록 먹으면서 실실 웃는 사람들을 그려봅니다.

어른과 신앙

나비가 날아갑니다. 어른들은 "꿀을 찾는가 보다."라는 현실적인 분석을 내놓고 아이들은 "엄마한테 돌아가네."라며 본향적인 판단을 한다고 합니다.

비구름 사이로 햇살이 나오면 어른들은 "골프 치러 갈 수 있겠다." 하지만 아이들은 "아, 예쁘다."며 자연에 대한 경이감을 자기의 판단과 일치시켜 버린다고 합니다.

아이들은 어른들보다 하늘나라에 훨씬 가까운 사람들입니다. 그럼에도 어른들은 자꾸만 아이들에게 자기 방식을 주입시키려는 잘못을 반복합니다. 더 안타까운 건 요즘 아이들이 점점 어른을 닮아가고 있다는 겁니다. 중학생만 되도 어른과 똑같이 생각하고 판단하려는 탓에 세상은 어른들로 차고 넘칩니다.

어린이나 학생은 없고 어른들만 있는 세상에서 내가 성직자라는 사실이 버거울 때가 많습니다. 어린이처럼 살아야 한다고 가르치신 예수의 가르침이 오늘을 향한 예언이었음을 느낍니다.

신앙은 어른이 어린이가 되어가는 훈련입니다. 어린이 같은 어른이 많아지기 위해 배우는 공부이죠. 그런데 신앙 때문에 어린이가 어른이 되어가니 슬퍼서 화가 납니다.

나는 사람일 뿐이다

　뉴스앵커가 감정이 없는 얼굴과 입으로 "우리나라 사람들 중 45%가 자신을 하층민이라고 생각한다는 조사 결과가 나왔습니다."라는 뉴스를 전할 때 나는 초등학교를 국민학교라 부르던 시절 해마다 담임선생님으로부터 받은 '가정환경 조사서'가 문득 생각났다.

　"부모 직업, 학력, 집에 있는 것에 동그라미 하세요.(테레비, 축음기, 자전거…), 가정환경- 상, 중, 하"

　새로운 사회조사에 의하면 전년 대비 자신이 중산층이라고 생각하는 사람은 2%가 떨어졌고 하층민에 속한다고 하는 사람은 3%가 증가했으며 자신이 상층민이라는 사람은 1.9%에 이른다고 앵커는 기계처럼 말하고 모 방송국의 인기 있는 개그 프로그램보다 웃겼다.

　사람을 생활수준에 따라 상, 중, 하로 나누고 게다가 그 기준이 돈이라는 것이 얼마나 웃기는가. 그나마 위안이 되는 것은 지난 1년 동안 한 사람이 읽은 책이 지난해보다 약 세 권 정도 증가되었다는 말이었다.

　요즘엔 통계에 의해 삶을 평가하는 일에 익숙하다. 어디서부터 누가 한 통계인지는 자세히 알 수 없지만 숫자로 사람들의 삶을 바라본다는 것이, 웃자니 우습지 않고 울자니 슬프지 않다.

'사람 위에 사람 없고, 사람 밑에 사람 없다.'는 말이 거짓말이 된 요즘 자신을 하층민이라고 생각하는 사람들은 무엇을 붙잡고 살아가는 걸까?

자신을 상층민이라고 여기는 사람들의 의식구조도 문제지만 스스로 하층민이라고 여기는 사람들 또한 정상적으로 보이지는 않는다. 위와 아래의 기준을 단지 힘과 능력으로 평가하고 평가 당하는 것 자체가 비인간적인 것임을 알지 못하는 걸까?

"나는 가수다", "나는 꼼수다"가 있으니 "나는 하층민이다", "나는 상층민이다"도 있을 것이다.

'하층민'이란 말은 한글 표준어 맞춤법 규정에도 나오지 않는 말이다. 사전에는 '하층(아래층, 밑층, 하급)'이나 '하층계급(생활수준이 낮은 사람들로 이루어지는 사회계급)'은 있어도 '하층민'이란 없다.

이 말이 없는 이유는 사람은 상, 하층으로 나눌 수 없는 고유존재라는 뜻이기에 그렇다.

예수 그리스도에 의하면, "네 이웃을 네 몸처럼 사랑"하는 사람만이 제대로 된 사람이기에 굳이 사람을 상층, 하층으로 나눈다면 이웃을 자기 몸처럼 사랑하지 않는 사람은 하층, 사랑하는 사람은 상층이 되어야 할 것이다.

나는 하층민인가? 아니다. 결코 아니다. 당신은 그냥 사람일 뿐이다.

이왕이면 이웃을 자기 몸처럼 사랑하는 사람이 되길 바란다.

늦은 밤에 전화하는 아이

　근 1년 동안 밤 11시 가까운 시간에 울리는 전화벨 소리의 주인공은 몇 번의 예외를 제외하고는 똑같은 친구의 목소리다. 조금 더듬거리다가 생각이 정리 되었다 싶으면 휘모리장단처럼 퍼붓는다. 도무지 전화로 답해줄 수 없는 질문을 던지고, 내게 더듬거리는 몇 마디의 말로 가르침을 던지고, 할 말이 끝나면 다음에 또 전화하겠다며 일방적으로 전화를 끊는 아이가 주인공이다.

　며칠 전에는 교회의 본질에 관하여 묻더니 어제는 재림에 대해서 궁금했는지 전화를 했다. 그의 물음 안에는 많은 양의 독서가 들어 있고 깊은 사색의 흔적이 묻어난다. 난 그 친구와의 전화를 이렇게 끊을 맺곤 했다.

　"예수가 석학이더냐, 철학자이더냐, 도덕가나 윤리가이더냐, 군주더냐 명상가이더냐? 그는 생활실천가였고, 사랑전달자였으며, 누구나 쉽게 만날 수 있는 사람들에게 자신의 모든 것을 구별 없이 내주던 사람이었고 무엇을 위해 살아야 하는가를 올바로 알고 있던 사람이 아니었더냐. 그의 말에 시적인 기교나 소설적인 은유는 없었지만 뚝뚝 떨어지는 눈물 같은 애정이 묻어나던 사람이 아니었더냐. 그러니 그를 믿는다는 건 그

244 ●

에게서 느껴지는 것 그대로 사는 것이 삶이고 신앙이지 않겠
느냐. 예수처럼 산다는 것은 예수처럼 생각하고, 말하며 행동
하는 것 초월적인 현상으로 예수를 이해하는 건 신앙을 빙자
한 아편과 같은 것이 아니지 않겠느냐.”

　아이와의 통화를 끝내면 난 늘 내가 사는 아파트 8층에서
내려다보이는 버스정류장을 습관처럼 바라본다. 사람의 흔적도
끊겨 혼자가 된 정류장은 아침과 저녁의 북적거림이 전설로
남아 있다. 예수도 어쩌면 그 속에서 서성거렸을 것이라는 기
대감을 떨쳐 내기가 쉽지 않다.

　자식이 인천에서 3천 명쯤 모이는 교회의 목사라는 노(老)
집사께서 내게 하신 말이다.
　“목사님 드시라고 가져온 감을 뭐하러 교회에 가져오셔서
다들 먹게 하십니까? 목사는 교우들에게 받는 사람이지 나누
는 분이 아닙니다. 그럼 사람들이 처음에는 목사님께 감사하다
가도 시간이 지나면 당연한 것처럼 여긴다니까요.”
　역시 큰 교회의 목사를 자식으로 둔 분으로서의 내공인지라
나와 다른 생각을 지니셨다. 무슨 말이라도 할까 입을 조물 거
리는데 아내가 나보다 빨랐다.
　“저희는 늘 그래왔어요. 목사님만이 아니라 교우들도 그러니
괜찮아요.”

　밤늦게 전화하는 아이들이 자라서, 또 감을 함께 나누고, 또
전화를 하고 그러다보면 조금씩 세상과 교회는 달라질 것이다.
갑자기 8층 아래의 빈 정류장을 바라보는데 시 하나가 비집고

들어왔다.

8층 아래 빈 정류장에서
손을 흔드는 이가 있습니다
마지막 버스에 오르는 것을 보니
어느 고등학교 앞에서 내려
야간자율학습에 지쳐 비틀대며 계단을 내려오는
고3 된 딸 아들을 마중하기 위한 사람
가만 보니 예수 엄마, 예수 아빠
지친 어깨 가방을 들어주려 가셨나 봅니다

나무 의자 한 개쯤
곁에 두는 이유

영국과 유럽의 여러 나라 초등학교 교정에는 Buddy Bench 라는 의자가 놓여 있다고 한다. Buddy는 친구란 뜻이니 '친구를 위한 의자'라고 해석하면 될 듯싶다.

누군가가 이 Buddy Bench에 앉아 있으면 같이 놀자고 얘기하고 싶은데 용기가 없거나 수줍음이 많은 친구에게 슬며시다가가 함께 이야기를 나누는 의자가 Buddy Bench인 것이다. 정말 뜻이 담긴 의자가 아니겠는가.

난 예배당과 교회 마당 두어 곳에 Buddy Bench를 놓으려고 한다. 교우들만이 아니라 예수님과 나를 위한 Buddy Bench가 될 것임을 난 믿는다.

사는 동안 빈 의자 한 개쯤 없는 사람이 어디 있을까. 비워두고는 누군가 살며시 다가와 내 곁에 앉아주기를 소망하는 의자 하나 없는 사람이 어디 있을까.

사랑한다고 하면서 "말하지 않으니 어찌 알겠어, 내가 신이라도 되는 지 알아?"라고 말하는 극심한 폭력을 순간순간 휘두르면서도 사랑한다고 말하는 나의 무지와 이기심을 내려놓을 빈 의자 한 개.

빈 의자에 햇볕이나 비 피할 우(양)산 하나 걸어두고 시원한 생수 한잔 놓아두면 충분하지 않겠는가.

함께하는 사람들을 향한 Buddy Bench.

내 마음을 슬쩍 보여 줄 의자 한 개, 말없이 다가와 나처럼 앞만 보고 있어도 좋은 친구, 사랑이라는 이름으로 살아가는 이유가 되는 Buddy Bench 하나를 함께 만들어 볼 사람을 향해 이렇게 외쳐보는 시간!

"잡히면 술래 가위 바위 보, 앉으면 친구 가위 바위 보!"

풀의 조건

연일 이어진 비로 인해 교회 주변이 온통 풀 세상인데 추석을 맞아 동네 이 저 곳에서 예초기 돌리는 소리로 시끄럽다. 눈 감고 귀 막은 상태로 추석을 보내겠다는 내 전략이 주변으로 인해서 와르르 무너졌다.

예초기 날을 새 것으로 갈고 잔디 깎는 기계에게 먹을 것을 가득 주었다. 풀들이 마르지 않아 잘 깎이지 않는다. 한 번이면 될 것을 두서너 번 밀어야 개운하다. 주차장에서 교회로 들어오는 입구만 정리해야지 한 것도 한나절이 훌쩍 갔다.

먹성 좋은 새끼 네 마리를 3주 전에 낳고 홀쭉해진 톡톡이가 그만 하라며 컹컹 짖는데 짖을 때마다 늘어진 젖이 흔들리면서 "오늘이 무슨 날인데 풀을 깎냐"고 따지는 것 같아서 깎다 만 머리 같은 마당을 행위예술가의 눈으로 보기로 하고 마당에 털썩 앉았다.

풀냄새가 코끝에 달려 상큼하다. 세월호의 아픔을 잊지 않겠다는 마음을 담아 교회 곳곳에 세워놓은 바람개비가 주차장을 이용하는 사람들에 의해 꺾이고 부러져 건들거리는 것을 정리한 후 다시 세우고 톡톡이 곁에 털썩 앉아 늘어진 배를 살살 문질러 주었다.

새끼들이 빨아댄 탓에 젖 주변이 붉은 색으로 짙다. 톡톡이는 기분이 좋은지 눈이 가불가불한데 가을 햇살이 대추알을 감싸고 있는 것을 보다가 튀어나온 단상 하나, 왜 풀들은 저리도 잘 자라는 걸까?

비 온 뒤 돌아보거나 한 밤 자고 일어나면 족히 한 뼘은 솟아 있는 풀을 보다가 쑥쑥 자라기 위해 해찰 없고 분열 없는 풀의 진면목 앞에서 배움이 크다.

이것 때문에 안 되고 저것 때문에 싫다는 핑계를 앞세우는 우리 인생과 비교하면 풀은 자라야 한다는 이유 하나만 가지고도 제 일을 능숙하게 해내는 프로근성을 너끈히 보여준다.

비 한 줌만 가지고도 키를 높이는 풀들, 조건을 밖에 두지 않고 자기 안에 두고 움직이는 풀을 가만히 보고 있노라니 베고 깎아서 시원한 것이 아니라 배우고 깨달아서 널찍해진 마당으로 시원하다.

옆에 누워 가불가불하던 톡톡이가 사라졌다. 마당의 풀처럼 산모로서의 책임이나 다할 요량으로 내 곁을 떠나버렸다.

분열 없고 해찰 없이 잘 자라는 풀의 조건? 내가 풀밭에 서서 찔끔 흘린 눈물과 땀 한 방울만 가지고도 충분하다고 말하는 스승의 조건과 동일하다.

목련꽃 아래에 서다

　목련만 보면 눈물과 가까워진다. '4월의 노래'를 곱게 부르시던 어머니가 "목련꽃 그늘 아래서 베르테르의 편질 읽노라" 하는 부분에 이르면 그녀가 연인처럼 느껴질 정도였으니 어찌 안 그렇겠는가.

　목련은 그렇게 내 가슴속의 꽃이 되었다. 하지만 지금까지 어머니의 영정사진 앞에 목련꽃 한 송이조차 놓아드리지 못했다. 어머니는 4월을 한참 빗겨난 때에 내 곁을 떠나셨고 나는 목련을 그렇게 오랫동안 기억할 만큼 살가운 아들이 아니었기 때문이다. 그 탓에 목련은 내 가슴속의 꽃이 되었다.

　어머니가 안 계신지 족히 십년을 넘긴 4월의 어느 날, 초등학교 운동장에 섬처럼 달려있는 목련을 가까이에서 보았다. 채 벙그러지지 않은 목련은 연꽃의 얼굴을 닮아 있었고 평온한 듯하면서도 앙다문 입에선 이것만은 놓치지 않고 살겠다는 고집도 엿보였다.

　목련은 자기를 쉽게 드러내지 않는 존재임이 분명하다. 가지 끝에 한 개의 꽃만을 달고 있는 목련나무를 조금 멀찍이 떨어져서 바라보니 백운산 정상에서 바라본 섬들처럼 신비롭다. 아, 목련은 섬으로 피었다가 꽃으로 지는구나.

이른 아침에 섬으로 있던 목련이 궁금해졌다. 그런데 해지는 시간에 바라본 목련은 섬이 아니었다. 목련이 눈을 가늘게 뜨고 나를 바라보는 모습이 마치 조심스럽게 말을 끄집어내려는 여인의 입술 같기도 했다. 그런 모습을 보고 있으려니 어머니가 4월이면 목련꽃 아래에서 부르던 '4월의 노래' 속에 등장하는 '베르테르'의 편지가 손에 들려 있는 듯 신기했다.

아침엔 초승달 같은 이마만 보여주다가 부드러운 햇살에 마음이 놓였는지 분가루 같은 얼굴을 실눈처럼 드러내고 그 사이로 꽃잎은 깊은 숨을 쉬고 있었다.

갑자기 목련에게서 2천 년 전 이스라엘 유대 땅의 한 여인의 향기를 맡았다. 향유옥합을 깨뜨려 머리카락으로 예수의 발을 닦던 여인, 묶었던 머리를 푼 것만 가지고도 손가락질 받던 시대에 머리카락에 향유를 묻혀 한 남자의 발을 닦던 여인, 그리고 그 여인을 바라보던 예수의 눈길처럼 목련은 슬프면서 따뜻해 보였다. 그렇게 목련은 침묵했다가 몸 전체로 이야기하면서 오늘과 2천 년 전을 오가고 어미였다가 아들로 변하고 베르테르의 편지였다가 머리를 푼 여인으로 다가왔다.

4월의 어느 날 목련꽃 아래로 가자. 그곳에서 누군가를 보게 되거나 베르테르의 편지를 읽게 된다면 축복이지 않겠는가!

생일연가(戀歌)

내가 이 땅에 태어난 것은 내 의지가 아닙니다. 그것은 오직 하느님의 뜻입니다. 가끔 지금보다 나은 집에서 태어났으면 하는 생각도 가져봤겠지만 그것은 정말 상상일 뿐 되돌릴 수 없는 일입니다.

난 내 생일을 존경(?)합니다. 내가 태어남이 하느님의 계획 안에 들어있는 일이라는 것을 알고부터 그랬습니다.

아주 오래 전 어느 교우께서 내게 주일 헌금을 맡기시고 출타하신 적이 있었습니다. 교회 출석을 생명처럼 여기는 분이심을 아는 터라 불출석의 이유조차 묻지 않았습니다. 받아 든 헌금봉투에는 57,000원이라는 액수뿐 아무 내용도 적혀있지 않아서 5만 원에 더해진 7,000원의 의미가 무엇인지 궁금해지기 시작했습니다.

며칠 뒤 일부러 교우의 집을 찾아가 57,000원의 헌금이 무엇을 의미하는지 물었습니다. 돌아온 대답은 의외로 간단했습니다. 57,000원은 생일감사헌금이었고 당신의 나이가 57세라는 겁니다. 그리고 덧붙이신 말씀으로 경건해짐과 동시에 부끄러움을 느꼈습니다.

자신이 태어난 년 수에 1,000원을 곱해 생일감사헌금으로 드리고 있다는 말씀을 귓불까지 빨개지실 정도로 수줍게 말씀하시는 그분은 "나를 이 땅에 보내시고 지금의 가정을 이루고 살게 하셔서 이토록 행복한데 난 고작 생명 주심에 대한 감사로 1년에 1,000원밖에 드리지 못하는 사람으로 살고 있지요. 죄송한 일이지만 지금의 처지로는… 언젠가 10,000원, 아니 그 이상씩 할 날이 올 것을 믿고 있네요."

충격적인 고백을 57,000원 헌금에 대한 의문의 답으로 들을 수 있었습니다. 나도 그 이후로 그분을 따라하고 있습니다. 아내와 아이들에게도 전했고 고맙게도 함께하고 있습니다. 같이 사는 사람들도 대부분 그렇습니다.

내 생일의 가치가 점점 더 많아지는 날을 기대하고 소망합니다. 그만큼 잘 살아야겠다는 다짐도 일 년에 한 번씩은 하게 되니 이 또한 소소한 행복입니다.

자신의 생일에 대한 진정한 연가(戀歌)를 부르지 않는 것은 자신의 생명을 향한 무자비함임을 깨닫기 소망합니다. 생일은 내가 살아있는 사람이라는 것과 그 생명이 다른 이들에게 사랑으로 전달되는 통로라는 것을 일러주는 시작점이니 말입니다.

당신의 생일을 우습게 여기지 마십시오. 생일로 인해 세상의 모든 것이 만들어지고 있음을 간과하지 말기를 바랍니다.

오늘이 그대의 생일이라면 큰 소리로 말하세요. 오늘이 내 생일이라고 말입니다. 나를 소중하게 대해달라고 말하길 권합니다. 그대는 너무도 소중한 사람이기 때문입니다.

허 참!

난 아버지다
난 남편이다
난 사위다
난 아들이어도
목사로 살고 있는데

허 참!

자꾸만 아버지로 살라 하고
남편으로 살라 하고
사위나 아들로 살라 하니
적응이 안 되어 심란하다

난 목사다
난 부끄럽지 않은 목사다
난 생각하는 목사다
난 상식 있는 목사다
난 반성하는 목사다, 라는 말이 힘겨워도 최면을 걸며 살고

있는데

허 참!
자꾸만 내 앞에서 대형 교회 설교자들을 들먹이고 목회자의
권위를 요구하니 있어야 하는 건지, 닮아야 하는 건지, 변해야
하는 건지 헷갈린다.

난 목사인데
목사로 살았기에 다른 것은 할 줄 아는 것이 없는 사람인데
사람도 잘 다루고, 돈도 벌 줄 알고, 적당한 구색도 갖추라
하니

허 참!

지금처럼 살아야 하는 건지 융통성 있게 살아야 하는 건지
골치 아프다.

허 참!

난 목사인데
알아주어도 알아주지 않아도 목사인데,

그것 참!
●